中公文庫

わが青春の台湾 わが青春の香港

邱　永漢

中央公論新社

目次

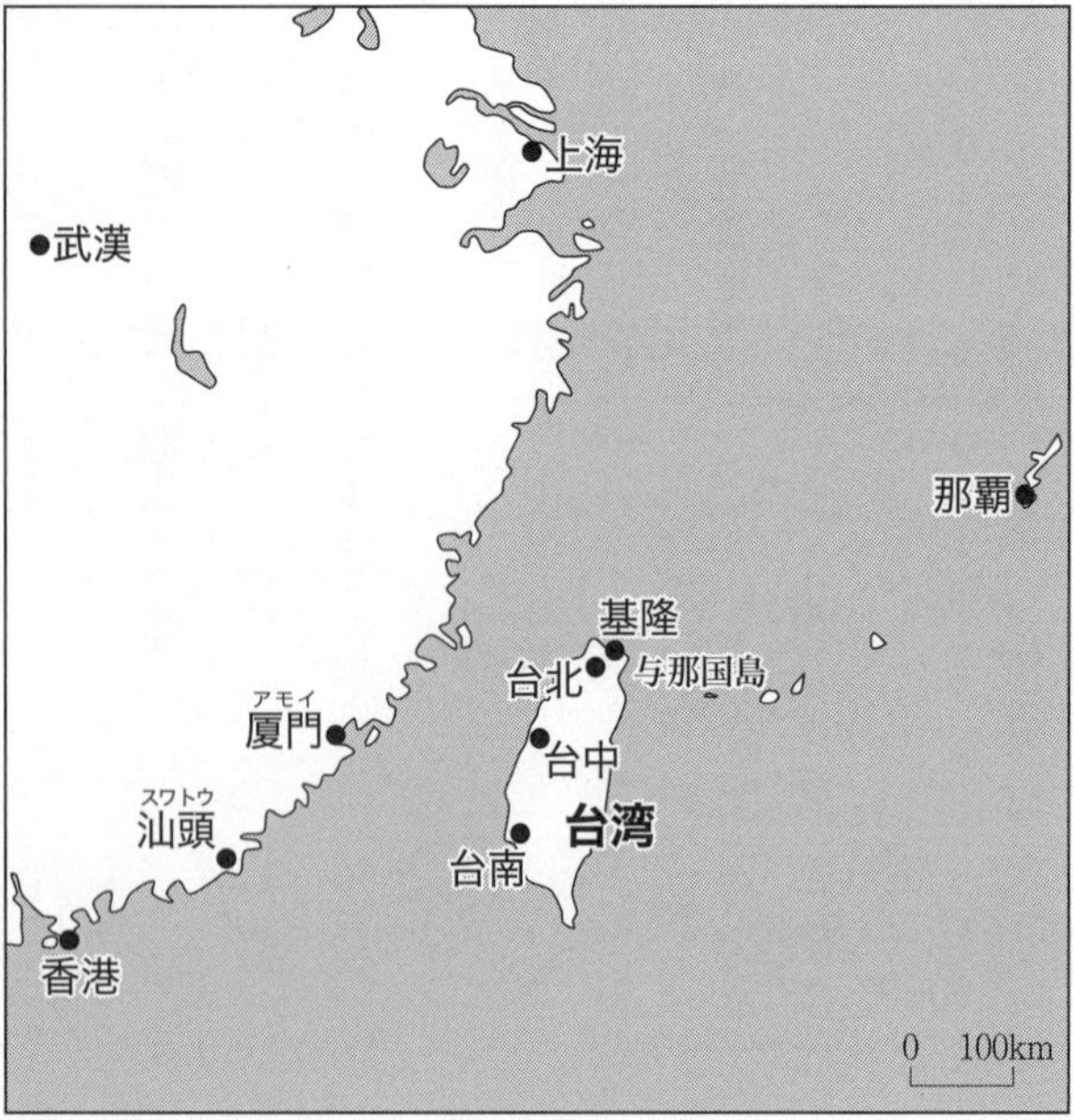
上海
武漢
那覇
基隆
台北
与那国島
厦門《アモイ》
台中
汕頭《スワトウ》
台湾
台南
香港
0 100km

わが青春の台湾　わが青春の香港

わが青春の台湾

二人の母に育てられて

家をとび出して父と同棲した母

生まれた時（一九二四年）、私には二人の母親がいた。一夫多妻が認められていた台湾で妻妾が同じ屋根の下で暮らし、それぞれの子供たちが同じ円卓を囲んでいる光景は必ずしも珍しくなかったが、私の場合はいささか事情が異なっていた。というのは、私の生母は久留米市生まれの内地人（当時、日本人はそう呼ばれていた）であり、しかも台湾人である私の父は当時、すでに妻がいたからである。

父・邱清海《クーチェンハイ》と母・堤八重がどこでどうやって知り合いになり、どういう具合に結ばれたかは、私がまだ生まれる前の出来事だから私にはよくわからない。本人たちの口からきいたこともない。しかし、おおよその見当はつく。若い頃の私の父はなかなかのハンサムでおしゃれだった。おしゃれといっても、今日の私たちが想像するいでたちとはほど遠いものである。私自身は父が四十歳になってからの子供だから、私の意識の中にある父親はすでに中年期に入っていた。

父はネクタイや革靴を嫌い、ズボンは西洋ズボンだったが、ベルトは母親の和服に使う帯紐を代わりに使っていた。中国服のズボンでは前開きがなくて不便だし、ベルトを使わずに前を合わせて押し込むだけではすぐにもゆるんでしまう。また、セビロや洋風のジャケットは肩が凝るといって、もっぱら中国服の上着を常用した。夏は麻のほかに、竹紗という薄い絹地を使い、ボタンは布製の代わりに洋服のボタンをつけさせた。どのくらいおしゃれかというと、冬物は日本の呉服屋に羽織の裏地に使う山水画を織り込んだ絹織物を買って来させて、中国服の裏地として使った。

自分の着るものに創意工夫のあとが見られるだけでなく、帯紐に懐中時計を金の長いクサリで結びつけ、ズボンの右のポケットに入れた。また革靴は足に合わないといって日本の草履を穿《は》いた。考えてみれば、台湾人でも日本人でもない異様な身なりで、今風にいえばバサラ、当時としては創意工夫の塊りのようないでたちであった。この気質は、現にうちの二男の世原《せいげん》に受け継がれており、ビデオ・アートで二回も続けてグランプリを受賞した息子は決して決して世の常識に従った服の着方をしたりはしない。隔世遺伝は意外なところで起こるものである。

父はこうした身なりをした上に、外出する前にハンカチに香水をつけて、首まわりとか手足にふりかけた。香水プンプンはカッコいいとは思えないが、遠くからでも匂うくらいの香水を発散させながら、友人たちと夜の会食や花街にくり出して行くのである。私は長男でもあり、姉も、私の次もその次も女であったために、特別に可愛がられ、夜の宴会にもしょっちゅうお伴をさせられた。酒席でオトナたちが拳をやって酒を飲んでいる間、酒家女《チュウカアルウ》たちは自分らの歯で西瓜《すいか》の種をていねいに割って小さな皿に山盛りにしてくれた。

私の生まれた台南市は人口十二、三万人くらいの歴史の古い街で、街には芝居のできる宮古座という小屋と、世界館という映画館があった。宴会のあと二次会のある時は、父は私を誰かに送らせて家に帰らせたが、そうでない時は、父が映画を見に行く相手をさせられた。それも三日にあげず続いたので、小学生の私は林長二郎（長谷川一夫）とか、嵐寛寿郎《かんじゅうろう》とか、山田五十鈴《いすず》とか、鈴木澄子とか、逢初夢子《あいぞめ》とかいった名前を覚えさせられた。

そういう自分の記憶をさかのぼっても、私の父はかなり女にもてたように思う。それに父はろくに学校も行っていなかったし、また格式ある家の生まれでもなかったが、自分で商売をやる才能には恵まれていて、若い時から台南市の西門《せいもん》市場で商売をしていた。

当時、台南市には（台湾）歩兵第二連隊があって、そこの兵隊が食べる野菜の類《たぐ》いを納入していた。この仕事を父が自分で見つけてきたのか、それとも母の内助の功によって手に入れたのか、ききそびれてしまったが、とにかくこの仕事によって私の一家は世のサラリーマンたちとは比べ物にならないほど豊かな生活を送らせてもらうことができた。

母は同じ西門市場にある牛肉屋の長女だった。ただし、これには多少の註釈が要る。牛肉の店をもっていた安武捨次郎という私の祖父は、日清戦争後、台湾を接収するために北白川宮能久《よしひさ》親王が澳底《おうてい》というところへ上陸する時の一番ボートに乗っていた下士官で、その時の功労を認められて、台湾に定住するにあたって開墾用の土地三百町歩の払い下げを受けた。台南市から少し北に向かった新化《しんか》というところにあって、そこで牧場をひらき、和牛を日本から運んできて飼育する事業に従事していた。母の実父は堤辰次郎という製粉業の店主で、娘が生まれてからすぐ他界したため、祖母が連れ子をして安武家に嫁《とつ》いだのである。

安武家に嫁いでから祖母は三女一男をもうけたが、連れ子だった私の母はちゃんと内地に行かされて、東京女子高等商業学校で専門教育を受けた。台南市に帰ってきて親の手伝いをしているうちに、ハンサムでよくもてる父と知り合いになり、うまく言いくるめられてしまったのではないかと思う。

「台湾人と一緒になるなんてとんでもない話だ。しかも選《よ》りに選って結婚している男にだまされるなんて」というのが、当時の安武の一家の空気だったに違いない。結局、母は親から勘当され、家をとび出して父と同棲することになった。大正七、八年（一九一八、一九）の頃のことである。

台湾の戸口法と日本の戸籍法

父にはすでに妻があった。しかし、二人の間に子供はなかった。こんな時、日本人なら妻を離別して新しい妻を迎える。しかし、台湾人も含めて中国人一般は、いったん縁のあった女を捨てるよりも一生面倒を見るのが人間らしいやり方だと考える。もちろん、内地人である私の母はそんなことでは承知しなかったに違いない。しかし、母のほうにも弱みはあった。たとえ一緒になったとしても、父と正式に結婚することはできなかったからである。当時、日本の戸籍法と台湾の戸口法には相互をつなぐ規定がなく、日本人が外国人と結婚して外国籍に移ったり、外国人が日本に帰化することはできても、日本内地の戸籍を有する者が植民地の人と結婚することは法律的に認められていなかった。

のちに東大経済学部に学び、民法の講義に出席したところ、穂積重遠《ほづみしげとお》先生が壇上から、雑談をするような切り口で、「法学部の僕の学生で台湾出身の者がいて、内地人の女性と結婚するから仲人になってくれと依頼されたことがありました。結婚披露宴の席上、二人一緒に並んだところで僕は、この二人は今日、結婚式をあげているけれども、法律的には本当の夫婦ではない。将来も夫婦にはなれない。なぜならば、戸籍法も戸口法も不備で、どちらからも相手の籍へ移ることができないからだ、とスピーチをしたことがあります」とおっしゃられた。他の学生たちはおそらくポカンとしてきいていたと思うが、私は「あッ。これは僕の親たちの時代の話をしているんだ」とすぐに気がついた。

もっとも法律上、正式に結婚はできなくとも、内縁の関係を結び、子供をつくることは簡単である。ただし、戸籍上、夫婦ではないから、生まれた子供はどちらかの親が自分の子供として届け出なければならない。私の姉が生まれた時、母は姉を邱家に残して出て行く決心をした。ただ、子供ができてみると、そう簡単に家を捨てることもできず、おそらく父にうまいこと口説かれたのであろう。結局、ズルズルべったりになって、私が生まれた時にはもう抜きさしならない泥沼の中に足をとられてしまっていた。姉と私の間にもう一人姉が生まれたが、子供の時に疫痢《えきり》で夭折《ようせつ》し、私のあと妹が四人、弟が四人、併せて十人が生まれた。

私の姉が生まれた時も、私が生まれた時も、父親の籍に入れるか、母親の籍に入れるかでもめた。母親の籍に入れれば、私生児になるし、父親の籍に入れれば、もう一人の母の子供として届けなければならなくなる。邱家には嫡子がなかったせいもあって、私と姉は結局、もう一人の母・陳燦治《タアンツァンティ》との間の子供として父親の戸籍に入った。しかし、邱という姓で届ければ、以後台湾人として扱われ、教育を受ける上でも差別されるし、社会へ出てからも、出世できなくなることは目に見えている。そこで母は私を邱家の相続人として台湾の籍に入れたが、次の妹以下はすべて日本名前をつけ、自分の私生児として福岡県久留米市東町にある自分の戸籍に入れた。以下、孝子、笑子、稔、寿栄子、裕、淳、剛、慶子と、すべて日本名前がついている。

同じ屋根の下に育ち、父親も同じなら、母親も同じであるにもかかわらず、私たち十人きょうだいは、姉の素娥《そが》、私の炳南《へいなん》（永漢は小説家になってから自分でつけた名前）だけが本島人（当時、台湾人はそう呼ばれていた）で、妹以下は内地人になってしまった。たったこれだけの違いで、同じきょうだいでありながら、私たちの人生は大きく変わってしまったのである。もっともそれは学校に行くとか、世間の扱いが違うという意味であって、家の中ではごく普通のきょうだいであり、長幼序ありのタテ社会も歴然としていた。というのも、私の母は将来、下の弟たちが目上の兄や姉の言うことをきかなくなることをおそれて、兄や姉に少々理不尽なことがあっても、上の者の顔を立て、弟たちの前で兄の私を怒るようなことはまったくしなかったからである。

生みの親より育ての親というけれど

私の母は内地人であったけれども、自分の夫に対して内地人としてのわがままを通すようなことは決してなかった。それどころか、台湾人に嫁した以上、台湾衫《タイワンサア》を身につけ、台湾語を喋った。キモノを着るのは、子供たちの学校の参観日くらいなものであった。熱帯下の台南市では、台湾衫のほうが汗だくにならないですんだこともある。母の台湾語は日本語のアクセントが生涯ついてまわったが、台湾語の流暢に喋れる日本人は皆無に等しかったから、よく目立つ存在だった。

また母は教育熱心で、「お金はいつでも儲けられるが、教育には年齢がある。多くの資産を遺してあげることはできないが、教育はおかず代を倹約してでも受けさせる」と言って、どうしても大学に行きたがらなかった弟の一人を除いて、すべて大学へ行かせた。戦前の日本で、男の子だって大学にやるのが容易でなかった時代に、私の姉と妹は目白の日本女子大に、私は東大に、私の弟は台北の高等学校に、同時に四人が家を離れて勉強に行かされた。ぼろ家に住み、食べ物には贅《ぜい》を尽くしていたが、どこから見ても大富豪の生活とはほど遠い暮らしをしている家で、四人も子供を同時に内地の大学や台北の高校にやっているというので、町中の評判になった。台南州の内地人の助役さんがわざわざ家まで訪ねてきて、「学資はどうやって工面しているのですか?」と質問されたこともある。決して豊かな生活ではなかったが、母が算段をして私たちの学資を捻出してくれたのである。

母は商家に育ち、自分も高等商業学校で勉強したせいか、商才があって自分の夫の商売を手伝うだけでなく、自分で店を構えて毛糸と手芸用品の店をひらいていた。台南市のような熱帯の町で毛糸を買う人があるかと思うかもしれないが、それが結構たくさんいるのである。暑いところに住むと汗が出やすいように毛穴がよくひらくので、ちょっとでも涼しい風が吹くと、寒い寒いと言って皆が毛糸のセーターを着込む。そういう人たちを狙って編物教室もあり、毛糸がちゃんと売れていく。子供の頃の私は店にお客が来ると、店員の代わりをさせられた。世間の人は私たちきょうだいを毛糸屋の子供と思っていたが、私の家には家の裏でつながった別棟があり、そこで玉葱《たまねぎ》とか、じゃがいもとか、歩兵第二連隊の食料に供する食品の加工をしていた。兵隊たちが料理をしやすいように、玉葱やじゃがいもはあらかじめ皮をむき、家に大きな釜を据えつけて福神漬までつくって納入していた。私たちを東京の大学までやった学資は、そうした裏方の収入から得たものである。

毎日のように大量の野菜を仕入れるので、私の父は野菜を「青田買い」していた。台風があると収穫に影響するらしく、二百十日の時分はよく真夜中に起き出してきて、空模様を心配そうに見上げていたのを覚えている。母はそうした父を助けて毎月の見積書や請求書を書き、半年に一ぺんくらい二人で棚卸しをして自分らの財産調べをやっていた。明らかに母のほうが父より締まり屋で、母のおかげで父の商売が成り立っていた。母には経済観念があって下駄からチリ紙に至るまで、日用品は年の暮れか、初荷の大安売りの時に一年分を一ぺんに仕入れる。家の中の物置きや引出しの中は、そうしたストックでいつも一杯だった。小学校時代の友だちの家を見ると、役人とか警察官とか教師が大部分だから、ツケで購買部から日用品や雑貨を買い、月給の中から棒引きしてもらっていた。私の家だけがすべて現金で物を買っていた。

「ポケットにお金がいくらあるかわかってしまうようなお金の使い方をしてはいけません。月給日にお金をもらったら気前よくお金を使い、月給日が近づいたらかけそばですませるようなお金の使い方は最低です」

と母はよく子供たちに言ってきかせた。母に特に理財の才能があったとは思えないが、教育熱心な母を持ったおかげで今日の私たちきょうだいがあることは事実であろう。にもかかわらず、私は子供の頃からこの生みの母を忌み嫌って育った。子供に厳しすぎたのと、自分に何か面白くないことがあるとヒステリックになって子供たちにあたり散らしたからである。台南市の夏はよくにわか雨がふる。雨が来るとせっかく乾きかけた洗濯物が濡れるので、あわてて竹竿ごと洗濯物を家の中に取り入れる。洗濯物が頭にふれて少しでもよごれたりすると、母はこっぴどく子供たちを怒鳴りつけた。ある日、母があわてて取り入れる洗濯物にふれないように小学生の私が身をかわすと、私の身体が蜂蜜の瓶にふれて瓶が床に落ち、木っ葉微塵《こ ば み じん》に割れてしまった。それを見た母は毛ばたきを持ってきて逆さに持つと、私を狂気のように叩いた。叩かれながら私は声を出して泣き、別棟に住むもう一人の母のところへ駆け込んで思い切り泣いた。何も故意にやったことでもないのに、こんな仕打ちをするとはとても自分の親とは思えなかった。子供心にも私は自分の生みの親を憎んだ。

もう一人の母親というのは父のもう一人の妻であった。五尺足らずで背は低いが、とても気立てのやさしい、美しい人だった。私の生みの親が持っていなかった美徳をすべて備え、料理の腕が抜群だった。私たちの食べる料理はすべてその母がつくり、女中さんに店のほうにある食堂まで運ばせた。私たちきょうだいは一人残らずこの母に馴染み、特に私の場合は、ひまがあると台所に入りこんで、鶏を絞めたり、食用蛙《がえる》の内臓をとり出す仕事を手伝ったり、大根餅をつくる石臼《いしうす》をひいたりした。のちに『食は広州に在り』にはじまる一連の食べ物随筆を書くようになったきっかけと知識は、すべてこの台所から生まれている。

この母は背は低かったが、真っ黒でふさふさとした黒髪に恵まれていた。髷《まげ》を結うために髪をほどくと、髪の毛が地面に届いた。「髪の長い人はしあわせがうすい」と中国では言われているが、それを地で行くような、しあわせうすい女の一生であった。父と私の生母が一緒になった時、この母は離別される代わりに別棟に移された。そういうことは当時の台湾では必ずしも珍しくなかったし、心中鬱々として楽しまなかっただろうが、自活していく手段を他に持たなかったから、それに甘んずるよりほかなかった。父はほとんどこの母のところへは寄りつかなかった。一年に一回だけ旧暦の正月にこの母の部屋に泊まったが、この時は私の母のほうがご機嫌斜めだった。妻は一人だけでももてあますものなのに、二人以上いることは、どんな男にとっても決して楽なことではなかったはずである。

商売のための作業場は別棟のほうにおかれ、父は仕事のために毎日そこへ姿を現わしたが、決して奥に入ろうとしなかった。生活費はもらっても夫に目をかけてもらえない妻は、その愛情をすべて私たちに注いだ。自分に子供がなかったせいもあって、私たちを自分の本当の子供のように可愛がってくれた。私は自分の母親が死んだ知らせを受けても泣かなかったが、東大に行っていた時、この母が死んだという手紙を受けとると、泣けて泣けて涙がとまらなかった。生みの親より育ての親というけれど、私にとってそれは単なる実感以上のものであった。

初めて経験した差別待遇

さて、こうした複雑な家庭に育った私にも、学校に通う年齢がやってきた。母はさきにも述べたように教育熱心だったから、まず私を幼稚園に入れた。当時の台湾の国民学校には小学校と公学校の区別があって、小学校は日本内地から来ていた内地人の子弟のための学校、公学校は本島人の子弟のための学校であった。本島人の子供である私は本来なら公学校に入学するのが本筋だったが、母親の関係で内地人の通う台南市の南門《なんもん》小学校に入れられた。内台融和と称して、土豪劣紳というか、本島人でも有力者の息子だけが一クラスに五名ほど選ばれて、特に内地人の間にまじって勉強することを許されたのである。

一年生の時の担任は女の藤井先生だった。二年生から五年生までは男の中村先生だった。私は知能的には奥手のほうらしく、一、二、三年生の頃はまったく目立たない存在だった。それがどうしたわけか四年生の頃からめきめき頭角を現わし、ついにクラス内で一、二番を争う成績をあげるようになった。子供たちは正直だから、級長選挙をやったところ、私が級長に選ばれ、岩本君という内地人が副級長に選ばれた。それを見た担任の中村先生は、内地人が本島人に号令をかけられるのはまずいと思ったらしく、副級長の岩本君を級長に格上げし、私を副級長に格下げした。これが私が学校へ入って初めて経験した差別待遇であった。しかし、差別待遇はこの時一回きりということではなく、次々と起こる差別待遇のはじまりにすぎなかった。

六年生になると、級担任が蔵原先生に代わった。蔵原先生はとてもきびしい先生で、

南門小学校六年生の頃

学校中からおそれられていた。その分だけ実は教育に情熱を持った先生でもあった。六年生に進級したとたんに、六年生四クラス合同の模擬試験があった。男子二クラス、女子二クラス、あわせて約二百二十名の試験で、国語（日本語のこと）、算術両方とも百点満点は私一人だった。蔵原先生は私を職員室によんで親に学校へ来てほしいとおっしゃった。家に帰ってそのことを伝えると、母親は子供のことで叱言でも言われるのではないかと気をもみながら、学校へ駆けつけた。先生の用件というのは、邱君は成績抜群だから台北高等学校の尋常科（中学部）を受験してみないかという打ち合わせだった。

台北高校の尋常科と言えば、当時、台湾きっての名門校だった。全島小公学校の一番二番が四百名集まってたった四十名しか入学できなかった。南門小学校を代表して本島人の私が受験に行くことは名誉この上ないことだった。母は一も二もなく賛成したが、父は必ずしも賛成ではなかった。父は私を地元の商業専修学校にでもやり、卒業したら自分の助手に使おうと思っていたからである。うっかり台北高校の尋常科に入れたら、さらに無試験で高等学校に進学してしまう。高校が終わったら次は大学に行く。三年で使える息子が家へ帰ってくるまでに少なくとも十年はかかってしまう。いくら学問を積んでもどうせ出世はしないんだし、学問を積んだからといって家にお金を入れてくれるようになるとは限らない。それが父親の意見だった。

しかし、母がその反対を押し切った。翌日から私の特訓がはじまった。どこの小学校でも六年生になると、上級学校受験のために正規の授業のほか、夜の六時か七時までオーバータイムの特訓がある。私の場合はそれが終わったあと、また先生の家に連れて行かれて単独で夜の十一時頃までさらに特訓を受けた。母は私が冷たくなった弁当を食べることを嫌がり、昼と夜と二回にわけてうちの使用人にほかほかの弁当を小学校まで届けさせたし、私が家に帰るまで寝ないで待っていた。

それくらいの特訓を受けても、私が台北高校尋常科に無事合格できるとは誰も思っていなかった。というのは、四百名受験して四十名入学というのはあくまでも表向きで、実際には四百名の受験生のうち内地人と本島人が半々だが、合格者は三十五名が内地人、五名が本島人という割当になっていたからである。いくら私が秀才だといっても、二百名の本島人の一番二番のうちの最先頭の五人には入らないだろうと思ったのである。ところが、私は物の見事に合格をした。早生まれの十三歳で、受験番号十三番の私は母親に伴われて生まれてはじめて台北市へ出かけ、小学校とは比べ物にならないほど立派な教室で試験を受けた。私は少しも動じなかったが、母親は私がドキドキしないように、ふところの中から錠剤を出して「これを飲むと落ち着くから」と受験前に私にこっそり渡した。救心の錠剤だった。飲まなければならなかったのは母親のほうだったと思うが、

台北高校尋常科入学の頃

とにかくこうしたおまじないの効果もあって、私は「台南新報」の漢文版で、秀才と報じられた。父がその新聞を見て、「お前のような餓鬼が何で秀才なものか」と一笑に付した。父の頭の中にある秀才とは、清朝時代の科挙の試験に合格した者のことであった。状《じょう》元《げん》、榜眼《ぼうがん》、探花《たんか》、秀才と区別はあるが、一番どん尻の秀才に合格しただけでも町をあげての大騒ぎになった。それに比べると、何とも頼りない秀才だったが、その時の父の笑顔といったらいまでも忘れられない。

ついでに申せば、私と五つ違いの次の弟も六年生になると、同じように南門小学校を代表して台北高校尋常科の受験に行かされ、私と同じように合格した。また私の姉も次の妹も台南一女を卒業すると、目白の女子大の家政科に入学し、とくに妹は卒業式で全卒業生を代表して謝辞を読まされたくらいだから、秀才一家と呼ばれた。しかし、これには多少の註釈が必要である。というのも私は二百名に五名の難関を突破して尋常科に入ったが、弟は堤という内地人であり、二百名に三十五名の広い門をくぐったにすぎないからである。同じ兄弟でも、兄貴と弟とでは出来がかなり違うんじゃないか、というのが私の言い分である。

台北高校尋常科時代　林本源庭園にて

秀才が文学かぶれの青年に

そういう狭き門をくぐって入学するくらいだから、入ってみると本島人の合格者は秀才揃《ぞろ》いであった。入学してからも一番二番は本島人で、三番にやっと内地人というのが珍しくなかった。本島人がいくら成績が優秀でも兵役の義務がないことを理由に教練で五十九点とか体操・音楽で減点されるから、首席を維持するためにはあとすべてを百点か九十九点とらなければならなかった。私もそういう一人だったが、尋常科に入ってから二年もすると、文学にかぶれるようになり、ついに自分で詩を書いたり、短篇小説を書いたりするようになった。しまいに病こうじて『月来香』という個人雑誌まで刊行するようになった。

文学かぶれの学生がガリ版刷りの同人雑誌を発行することはよくあることである。ところが、私の個人雑誌は和紙に活版刷りだった。表紙は高校の図書館に勤めていた木村さんという職員が木版の趣味を持っていたので、その人に頼んで一枚一枚手刷りでつくった。中身の原稿は国語や理科の先生に書いてもらい、また校内誌で活躍しているクラスメイトに依頼するほか、あとのスペースは全部詩か短篇を自分で書いて埋めた。活版で刷ってもらう代金は毎月の仕送りの中から捻出したが、足りない分は昼食代を節約して印刷屋に支払った。十五、六歳の少年がこんな凝り方をしたのは、当時、台湾日日新報の学芸部長をやりながら、日孝山房という限定出版の会社をやっていた西川満《みつる》さんの影響によるものである。西川さんのお宅にはよく押しかけて行って真夜中まで話し込んだ。西川さんは恩地孝四郎とか、川上澄生とか、柳宗悦《やなぎむねよし》とかいった人々と親交があり、またウイリアム・モリスの信徒でもあったから、内容より装幀に凝った。そうした豪華本趣味から離れるのにさして時間はかからなかったが、その時、民芸とか民俗に興味を持ったことが何十年かのちに私が台湾の民芸品を蒐集して台南市に永漢民芸館を寄贈するきっかけになった。

旧制高校生だった頃の私は文学青年ではあったが、まだ政治青年ではなかった。私は日本人の植民地支配には不満を持っていたが、文学に鬱憤のはけ口を持っていたので、正面きって反抗しようという気持はなかった。だが、先輩の本島人学生の中には心底から日本の統治を憎み、中国を祖国と思う人たちが少なくなかった。これらの人々は高校の英語教師であるアメリカ人のジョージ・カー先生のもとに集まった。カー先生がアメリカ海軍に所属し、実は情報員であることはのちになってからわかったが、それは戦後、副領事として再び台湾に戻ってきてからのことである。

折から戦争は日華事変から大東亜戦争に突っ込もうとしている時期であった。台湾の人々は軍属として徴用され、大陸へ強制労働に連れて行かれた。「雨夜花」という歌は女のはかなさを雨の夜の花にたとえてつくられた台湾の民謡であったが、台北放送局に勤めていた日本人の一人がこれに日本語の歌詞をつけて軍夫の歌につくりなおした。

赤い襷《たすき》の誉れの軍夫
うれし僕らは日本の男児《おとこ》

この歌を出征する軍夫にむりやり歌わせた。私たち本島人の学生は、いよいよ大東亜戦争を間近に控えて台湾から去ろうとしているカー先生の送別会を大稲埕《だいとうてい》の江山楼という台湾料理屋でひらいた。席上、誰からともなく「雨夜花」のメロディが口をついて出、わざと軍夫の歌のセリフで歌ってみんなで大声をあげて泣いた。台湾の人たちに、祖先を同じくする大陸の人に向かって銃口を向けろということは、どだい無理な話だった。しかし、日本人の大陸進攻にあたって台湾の人たちは、現地の言葉もわかるし、命令していうことをきかせることもできるなんとも便利な存在だった。それがまた台湾の人たちにとってやりきれないことでもあった。

とうとう大東亜戦争がはじまった。私たち高校生は必勝を願って全員、台湾神社に参拝させられた。日本人にとっては当たり前のことだが、台湾人にとっては複雑な思いのほうが先に立った。緒戦で日本の大勝が報じられても、喜んでよいのか、泣いていいのかわからなかった。はたして正確な情報による成果かどうかも疑わしかった。戦争のおかげで三年制だった高校は半年短縮されて、二年半になり、私は予定より半年早い十七年十月入学の東大受験のために、夏休みから東京に行かなければならなくなった。

内台航路の船のデッキで

私は東大の経済学部を受験する決心をしていた。文学部でなくて、経済学部を選んだことは学校のクラスメイトや教師たちを驚かせた。私の文学かぶれはあまねく全校生に知れわたっており、私が文学部にすすむのは当然のことだと思われていたからである。私がそうしなかったのは、植民地台湾に生まれた私のような人間が将来、文学を志しても生計を立てて行く自信がなかったからである。たいていの本島人のクラスメイトは医学部を志望する。文科系の卒業生でさえ途中から医学部に鞍替《くらが》えをする。このほうが差別待遇されずに生きて行ける最も安全な道だったからだ。

私はすでに十九歳になっていた。もうその頃には私も差別待遇に慣れてしまい、将来、大学を出たら台湾には戻るまい、できれば上海のような国際都市に行って、租界のようなところで国際貿易にでも従事して暮らしたいと思うようになっていた。そのためには、文学部ではやっぱり具合が悪かった。少しばかり経済の知識があって、人に使われても、自分で独立しても何とかやっていけるようにしなければならなかった。それが自分の本心だけれども、こんなことは誰にでも言えることではない。植民地に生まれた者は若い時から、本当に自分が心の中で思っていることを心の中にしっかりしまいこんでしまう修練を身につけなければ、身の安全を全うすることはできなかったのである。

　私が東京の大学へ行くことがきまると、何十年間、墓参りのために鳳山《ほうざん》まで行く以外は台南市を離れたことのない、もう一人の母が私を基隆《キイルン》港まで送って行くと言い出した。あるいは、彼女の直感で、もうこれでこの息子とも会えなくなるのではないかと思ったのかもしれない。彼女の足にはまだ纏足《てんそく》の跡が残っていて、小さな靴でよちよち歩くことしかできなかった。その小さな足並みに調子をあわせながら、私たちは岸壁まで歩き、私だけ内台航路の船に乗り込んだ。

　もうその頃には、戸籍法と戸口法を結ぶ新しい法律が成立し、父は長い間、私生児になっていた妹以下を、認知するために母の久留米市の籍に移っていた。私の姉は日本人と結婚して台湾から籍を抜いたので、私と私を育ててくれた台湾人の母親だけが台湾の邱家の籍に残される形となった。私とは何の血のつながりもない母親だったが、私にとっては生みの親よりも、もっとずっと大切な母だった。

　いよいよ別れの時が来た。私はデッキに立って、見送る人たちの姿が識別できなくなるまでずっと手をふっていた。とうとう誰も見えなくなってしまった。そして、私はついに再びこの世でこの母と会うことはなかった。東大在学中に、母の訃報をきいた。物資の不足している東京にいる息子のために、手術室の中でも、手をあげて夢うつつのまま、豚デンブをまぜ続けていたと父親の口からきいたのは、終戦後、台南の家へ帰ってからのことであった。

文学少年から政治青年へ

一見、無謀に見えて、実は用心深く

東大は受験生にとっておそらく昔も今も最大の難関であろう。しかし、私自身がそう思ったことはただの一度もなかった。そんな言い方をすると不遜にきこえるかもしれないが、猛烈な差別待遇の中を生き抜いてきた私にしてみれば、受験ていどのことで人後におちることはないという自信があった。台北高校に入学できたほどの本島人なら、誰もが内心でそう思っていたに違いない。

私が台北高校に在学していた頃、同校の先輩にあたる宮崎県出身の作家・中村地平さんが招かれて学生たちにスピーチをしたことがある。「どうして内地からわざわざ台北高校に入学されたのですか?」と学生が質問をしたら、「台北のほうが内地に比べて入試がやさしいと聞いたからですよ」と中村さんは答えて爆笑を買ったことがあった。そうした内地人に対しては大きく開かれた高等教育の門だったが、六百万人の台湾人に対しては、身体一つ入れるのにも苦労するほどのわずかなスキマしか開かれていなかった。なかでも四十名一組の尋常科が一番の難関であったが、高等科になって文甲・文乙・理甲・理乙と四組にふえても、難関であることに変わりはなかった。

どのクラスも四十五名ほどであったが、文科系を志望する本島人は少なかった。うっかり文科系を志望すると、大学を出てから弁護士になるか、新聞記者になるくらいしか道が残されていなかった。内地人のように官途に就くことはまず考えられなかった。仮に製糖会社や台湾拓殖のような会社に運よく就職できたとしても、出世のできる見込みがなかったから、たいていの本島人学生は個人営業のできる医者への道を選択し、他のクラスがすべて五、六人ていどなのに対し、医学部への直線コースである理乙だけは、クラス中の四〇％近くを本島人が占めていた。台湾人の秀才たちはほとんど理乙に集中していたと見てよい。

文甲を選んだ私のクラスには私も含めて六名の本島人がいたが、のちに明治大学文学部教授になった王育徳君と私だけが東大を志望し、他の四名はすべて長崎医大とか、新しくできた台大医学部に方向転換して医者になった。王育徳君は東大経済学部経済学科を志望して不合格になり、翌年、文学部に転じて中国文学を専攻するようになったが、

台北高校高等科時代
友人の王育徳（左）と

私は万一のことを考えて最初から商業学科を選び、首尾よく東大に入学することができた。

なぜ自信満々の私がわざわざ商業学科を選んだかというと、経済学科に比べて競争率が低く、まかり間違えても失敗することはないだろうと踏んだからであった。生意気盛りの私は誰にも負けないという自信があったが、それはあくまで日本の一植民地にすぎない台湾という田舎舞台においてのことであった。内地に行けば、一高、東大というエリート・コースをスイスイと泳いであがる秀才たちがたくさんいるときいたし、ナンバー高校の秀才たちも手強いライバルであるに違いない。なにせ東大の合格率を見ると、ドン尻が学習院高等部で、ブービー賞をもらえる位置にいるのが台北高校と来ている。そんな片田舎の高校で〝お山の大将〟をきわめたからといって、そうそう調子に乗ることもできまい。一見、無謀なように見えても、いざとなったら用心深くなる私の性癖がこんなところにも見えている。おかげで私はなんなく東大に入学できたが、のちの人生においてもこの鉄則を守ることによって、命拾いをしたり、きびしいピンチを切り抜けることができた。

南原繁教授と辰野隆教授

さて、東大経済学部に入ってみると、経済学科と商業学科と分かれていても、受ける講義の内容はほとんど変わりなかった。わずかに商業学科の学生は、会計学とか簿記の受講を義務づけられているていどで、あとはだいたい同じであった。当時、舞出《まいで》長五郎先生が経済学部長をつとめておられ、先生の「経済原論」の講義に何度か出席したが、ご自分のお書きになった本を多少吃《ども》りながら棒読みにされるだけで、退屈この上なかった。なにしろ日中戦争この方、軍人と右翼の発言権がとみに強くなり、東大経済学部では矢内原忠雄、有沢広巳《ひろみ》、脇村義太郎《よしたろう》といった人気教授がすべて追放されたあとであった。経済学部の中も大政翼賛会のような雰囲気だった。

そうしたなかにあって、わずかに万丈の気を吐いておられたのは、「政治経済学」の北山冨久二郎《ふくじろう》教授と「理論経済学」の安井琢磨助教授と「経済史」の大塚久雄助教授であった。一年の時、私は佐々木道雄教授の「会計学」のゼミの受講生になったが、二年になると、北山教授と安井助教授のゼミを選んだ。本当は一つで足りたのだが、欲張って二つもとったのである。それにしても「政治経済学」と「理論経済学」という両極端にわたっていたのはいかにも私らしい。私自身早くから、いろいろの異なった意見や思想を同時に吸収して、消化のできる「矛盾的自己同一」的存在であったのかもしれない。

「政治経済学」の北山先生は、山崎覚次郎先生の弟子で、東大に戻る前は台北帝大で教鞭をとっておられた。台北にいた頃も、台湾の人たちに理解があるというので台湾人の間で評判が高かった。ちょうどその頃、大陸で暗躍していた影佐《かげさ》機関のブレーン・トラストとして汪精衛（汪兆銘）政権工作に深くかかわっていた。私たち台湾人の学生たちが冷たい目で見ていた日本帝国主義の侵略や和平工作を本気で「日中和平への道」であると信じており、根本的に意見の一致を見ることはむずかしかったが、それでも本音でぶっつかり合うことのできるただ一人の精神的な指導者であった。のちに先生は安倍能成《よししげ》先生が学習院大学の学長になられた時、舞出長五郎先生ともども学習院経済学部に移られたが、どちらの大学でも卒業生の間に「北山会」という先生を慕う学生たちの会が自然発生したから、先生の人気のほどをうかがい知ることができる。

もう一方の「理論経済学」の安井琢磨先生は戦後、経済学畑の学者としては珍しく文化勲章の栄誉に輝いたくらいだから、その頃から才気煥発の人であった。若手の理論家として、本来ならマルクス経済学者と張り合うべき存在であったが、何しろマルクス学者たちが軍部によって粛清された直後だったから、敵がないというよりは、敵のない不遇をかこっていた。それでも語学の才能もあり、西洋の経済書を原書で数々読んでおられたから、レオン・ワルラスからはじまってハイエクに至るまで、理論経済学の流れについて私たちに手ほどきをして下さった。ただ理論派はどうしても高等数学を駆使したがり、高等数学に深入りしすぎて現実を忘れてしまいがちになる。その点では、いつも物足りなさがついてまわったが、あの言論の統制されたさなかだったから、象牙の塔に閉じ込もり、わけのわからない理論をこねまわしているほうが安全なことも事実だった。

入学した当初はまだ西も東もわからなかったので、ひととおり時間割りどおりの授業に出席した。講義と講義の間、安田講堂前の芝生に寝ころがって、他校から入学してきた同期生たちと少しずつ友達になっていった。その中には一高から入学した者もあれば、学習院から入学した者もあった。話をしてみると、一高出が学習院出より頭がいいとか、傑出しているとかいうことはなかった。しまいにはまたいつもの癖が出て、「一高、東大といっても、まあ似たようなものだな」と、だんだんタカをくくるようになった。

一年もたつと、私は経済学部の講義にあきあきしてしまった。それでも学期末の試験に合格しないと困るので、学期末試験が近づくと時々、講義には顔を出したが、たいていは友人たちのノートを借りてすませた。代わりに学部を越境して法学部と文学部へ講義を聞きに行くようになった。経済学部の講義は北山先生の「財政学」だけにとどめ、あとは法学部の南原繁《なんばらしげる》教授の「政治学」と文学部の辰野隆《たつのゆたか》教授の「フローベル研究」に出席した。南原先生は小柄で、当時すでにシラガが目立っていたが、軍部の圧力に屈せず、自分の信念にもとづいた自由主義的な講義を続けたので、反帝国主義ムードの強い学内で学生たちにたいへんな人気があった。のちに共産圏を含まない日米単独講和条約に猛反対をして、時の総理・吉田茂から「曲学阿世の徒」と罵られたことで有名になったが、いくら何でも「曲学阿世」はあたらないと思う。戦争中、あれだけ毅然とした態度をとってきた人は、「信念の人」ではあっても、「世におもねる人」であるわけがない。いつも超満員の教室の中で、物おじせずに講義を続けた先生を見て、「一寸の虫にも五分の魂」とはこんな人ではないかと尊敬の念を禁じ得なかったものである。

それに比べると、辰野隆先生は風貌に似合わずダンディな人であった。文学部には歴史学科もあれば、哲学科もあれば、美学科もある。仏教学科といったものもある。『風土』を書いた和辻哲郎先生も在職中で、私もその授業をのぞいたことがあるが、最終的に毎週出席する気を起こしたのは辰野先生の「フローベル研究」であった。今になって考えてみると、あの強烈な軍国的ムードの中でわざわざ『ボヴァリー夫人』という姦通小説の講義を、それも漫談まじりで続けられたのも、辰野先生のソフトながらも、きびしい抵抗ではなかったかと思う。のちに直木賞を受賞してジャーナリズムに登場するようになってから、私は何回か辰野先生のお相手をさせられるようになったが、軍国主義のさなかでも、言論の自由が取り戻されてからでも、辰野先生の洒脱な態度はまったく変わらなかった。

ある朝、突然寝込みを襲われる

私自身について言えば、東大に入れてもらったおかげで、日本の最高学府がどんなものであるかを実感するチャンスに恵まれた。ザッと周囲を見まわしても、私より頭の回転がよくて、私よりも機転がきいて、なおかつ私よりよく勉強する人はあまり見当たらなかった。のちに私が人物の評価をするにあたって学歴をほとんど問題にしなくなったのは、最高学府の楽屋裏をのぞいてしまったからである。にもかかわらず、東大は日本にとって依然として最高学府であった。あの軍国主義の嵐が吹きすさぶさなかにあっても、東大の教授たちはガンとして考えを変えず、東大は帝国主義と軍国主義に対するレジスタンスの総本山という趣きがあった。ここでは植民地出身の者でも、教授たちからも同期生の誰からも差別待遇をされることはなかった。同期生の中には白系ロシア人が二人ほどいたが、この人たちも異人種扱いを受けるよりは、日本語がよくできますね、と逆に珍しがられ、ちやほやされるほうであった。

そうした雰囲気に溶けこみ、私はうかつにも我を忘れた。私はこれまでも自分が危険思想の持主であると思ったことはなかったが、私を含めて台湾人、朝鮮人、それから中国大陸からの留学生はすべて特高や憲兵隊の監視下におかれていた。本郷追分《ほんごうおいわけ》の「西濃館」という賄《まかな》いつきの下宿に六畳一間を借りて住んでいたが、すでに戦時体制下におかれていたので、外食券がなければ学生食堂や外のレストランで食事をすることができなかった。私はフランス語を勉強する必要を感じていたので、本郷追分から都電に乗って水道橋にあるアテネ・フランセの夜学に通った。フランス語の授業を終えて大急ぎで二回都電を乗りかえて下宿に帰ってきたら、七時をすぎることがしばしばあった。下宿の夕食は七時でおしまいになるので、私はしょっちゅう食事にありつけず、ひもじい思いをさせられた。

その上、不在の間に押入れの中のフトンの位置が時々、違っているのが気になった。かねて先輩から「気をつけろよ」と注意されていたので、もしや特高が部屋の中をひっくりかえして調べているのではないかと思った。調べられても、検挙される証拠は何もないけれども、私には禁書を読む楽しみがあった。禁書といってもエログロ、ナンセンスの本のことではない。経済学部に入ってマルクスやレーニンの本を読まないようでは一人前ではないと台湾人の先輩から教えられ、『資本論』とか、『ロシアにおける資本主義の発達』とかいった類いの本を研究室から借りてきて、夜遅く部屋に鍵をかけてひそかに読みふけっていたからである。

一ぺんに何冊も借りてきて、「お前は共産主義者だな」とあらぬ難癖をつけられたのではやばいと思ったので、一冊ずつ借りて来て、読み終わると、また次の一冊と取り換えて読んでいた。新しく借りてきた本は、思想と全く関係のない別の本のボール箱の中に入れ、本棚の別の段に並べておいた。特高の捜索はよそから来た手紙だとか、押入れの中に無線機をかくしていないかということに重点がおかれていたから、本棚の中のトリックまで見破られることは少なかった。

それでも部屋の中を荒らされた気配が一度ならずあったので、私は学生相手の専門の下宿屋に住むのはやめにしたほうがいいと思うようになった。ちょうど、しばしば夕食に遅刻してひもじい思いをしていたので、それを口実に農学部の脇にあるシロウト下宿に引越しをした。しもた屋の階下にお婆さんと出戻りの娘さんが二人で住んでいて、二階の二間《ま》を貸すと言うので、東大医学部に留学していた台北高校尋常科時代からの先輩にあたる許武勇さんと、隣り同士で一部屋ずつ借りて住むことにした。許さんは私と同じ台南市の出身だが、父親が神戸で貿易商をしていて、当時欠乏していた砂糖や食糧も何とか都合のつくほうだった。私も親が心配して台湾から砂糖や飴玉や豚デンブを定期的に小包にして送ってくれていたが、だんだん米軍潜水艦に商船が撃沈されるようになって、補給が途絶えがちだった。それでも砂糖の産地である台湾の出身だから、日本内地の地方から来ているクラスメイトたちより甘い物にめぐまれていた。誰かが小豆を、また誰かが餅を持ちよって、火鉢の上に鍋をかけて新聞紙で炭火をおこし、手づくりのぜんざいをつくって舌鼓を打ったりしたものである。

あれは確か昭和十九年（一九四四）の三月の寒い朝のことであった。私は寝込みを襲われ、叩き起こされるといきなり手錠をはめられた。三人の私服が私の前に立ちはだかっていた。一人は立ったまま、あとの二人は私の部屋の中の証拠になりそうなものを掻き集めて荷づくりをした。隣室のただならぬ気配に驚いた許さんはあわてふためいて部屋をとび出し、階段を下りる時に足を滑らして下まで落っこちた。私はとり押さえられていたので、扉をあけることも言葉をかけることもできなかった。手錠をかけられたまま都電に乗せられ、九段下まで連れて行かれて、麴町《こうじまち》憲兵隊の留置場の中にぶちこまれてしまった。

憲兵曹長の口走った一言

何が何だか私にはさっぱりわからなかった。何で勾留されたのか、身に覚えもなかった。自分の本棚の中にはローザ・ルクセンブルクの本がかくされていたが、憲兵たちは田舎の出身で本など読んだことがないから、武内義雄の『支那思想史』とか、魯迅や北一輝の本を持ってきていた。思想というだけで、危険思想と思うらしく、手にとってめくってもその区別がわからないようであった。

一日に午前と午後、二回の取調べがあった。憲兵曹長が取調べにあたった。

「もう隠しても駄目だ。お前のことは何でも調べあげてあるんだから」

と凄《すご》まれても、心当たりのないことだから、なかなか向うの思うつぼにはまらない。

「お前は日本の船が次々と撃沈されて海の水が砂糖で甘くなったとデマをとばしているそうじゃないか」

と向うは少しずつ知っていることを小出しにしてきた。私がそういう冗談を口にしたことは事実であった。それを喋ったのは、私が親友と思って気を許していた同期生の一人であった。彼は小石川の大邸宅に住んでおり、彼の父親は銀行の頭取であった。きっとあいつはさんざ調べられて喋ることに困って、よけいなことを喋ったに違いない、と私にはすぐ合点がいった。

また「お前は大陸に帰りたがっているそうじゃないか」と聞かれた。これも事実だった。私は大学を中退してでもいいから、下関から釜山に渡り、朝鮮半島を通って満州に行き、そこから山海関をこえて中国に入る方法はないものかと、中国大陸の地図を出して何回も空想を逞《たくま》しくしたことがあった。その場面には厦門《アモイ》から汪政権の留学生として同じ経済学部に来ていた一年下の中国人が立ち会っていた。私が重慶に行きたがっているとか、私が蔣介石《しょうかいせき》の『中国的命運』をこっそり隠れて読んでいるとか、あることないことこねまぜて憲兵に報告したのは奴に違いない。憲兵からスパイの検挙に協力せよと言われれば、これまたやむを得ないことであろう。しかし、「お前は重慶のスパイだろう。ちゃんと証拠はあがっているんだから」といくら凄まれても、そういう事実がないのだから、残念ながら相手に手柄を立てさせることはできなかった。

しまいには憲兵曹長が椅子を蹴って立ち上がり、いきなりこぶしをふりあげて私を殴った。

「わかった、お前の狙っているのはこれだろう」

そう言って地図の上に手をあてて日本内地と台湾の間を遮った。

「日本と台湾を分離して独立しようという考えだろう。どうだ。そうだろう。それに違いない」

私はあっけにとられてしげしげと相手の顔を見直した。

それまで私はそういう発想をしたことが一度もなかった。そういう閃《ひらめ》きが頭を横切ったことすらなかった。しかし、憲兵曹長の口走った言葉を聞いて、そういう考え方もあり得ることにはじめて気がついた。ずっとのちに蔣介石の台湾における悪政に愛想をつかして、私は生命を賭けて台湾の独立運動に邁進したことがあるが、そのヒントを私はこの無知蒙昧《もうまい》の憲兵曹長から得たことになる。

私を殴った憲兵曹長は、多少うしろめたい気持になったのか、私を殴ったあとで自分が配給でもらったアンパンを私の前にさし出して、「おい、食えよ」と言った。私は留置場の中で何日もひもじい思いをしたあとなので、遠慮せずにガツガツと食べた。もういくらおどしたりすかしたりしても何も出てこないことは向うにもわかっていた。その日から私に対する態度がだいぶやわらいだ。

生意気なことを言うわりには、憲兵隊につかまった私は思いっ切りが悪かった。一日目や二日目は私も志士気取りだったが、日にちがたつにつれてだんだん弱気になってきた。私のつかまった日、許武勇さんはあわてて階段から下までころげおちたが、私がつかまったことを知っているのは彼しかいない。ちゃんと北山教授に知らせてくれただろうか。また目白の女子大に行っている妹の孝子に知らせてくれただろうか。北山先生が宇都宮憲兵隊の隊長と懇意にしていることは北山先生自身の口から聞いていた。先生が手をまわして私をこの牢屋から出してくれないだろうか。私にとって頼りにできる人はほかにまったくいなかったから、すっかり他力本願になっていた。

丸太ん棒で仕切られた留置場の中は、どの檻《おり》の中も満員だった。一つ檻の中に二人いれられているのもあって、ほとんどが統制令にひっかかったヤミ屋さんだった。私一人だけが思想犯で、ほかの人より格が上なのか、それともヤミ屋と一緒にできないと思ったのか、最後まで独房だった。入口に立った若い兵隊さんが中をのぞきこんで、若い私を見ると、

「おい。学生か？」

と聞いた。

「ハイ。学生です」

と頷《うなず》くと、

「どうせたいしたことじゃないだろう。いまに誰かが貰い受けにきてくれるから、もう少しの我慢だ」

と励ましともつかぬ声をかけてくれたりした。

つかまってからちょうど一週間目がきた。呼び出しがかかったので訊問室に入ると、机の上に風呂敷に包んだ私の荷物がおいてあった。

「もう帰っていいんだ。しかし、帰る前にこの誓約書に署名をしてから帰れ」

見ると、今後スパイの摘発に協力をしますといった類いの文面がしたためてある。私は黙って空欄のところに自分の名前を書いた。仮に私に誰がスパイをしているかわかったとしても、知らん顔をすればいいんだと自分に言いきかせながら。

風呂敷包みを片手に、私は憲兵隊の外へ出た。九段は桜並木のあるところだが、ちょうど桜が満開に咲いているところだった。あんなに桜が美しいと思ったことは前にも後にもない。目の前がパッと明るくなって、「ああ、自由っていいなあ、なんて空気がおいしんだろう」と歩きながら何度も何度も深呼吸をした。憲兵隊に一週間入れられている間に、私の着ているシャツやパンツは虱《しらみ》だらけになっていた。下宿に帰ると、お婆さんたちはびっくりしながらも、「よかったわね」と言って私を迎えてくれた。すぐに私の服を脱がせ、お湯を沸かして熱湯をその上からかけて虱退治をしてくれた。私は減らず口を叩いただけで何ら世の中のためになることをしていないのに、牢屋に一週間入れられたというだけで、なんとなく自分が一まわり大きくなったような気がした。

学徒出陣のあとの東大

すでに前の年の十月に学徒動員令が発令され、大学の構内から文科系の学生の大半が姿を消していた。続いて台湾・朝鮮の学徒にも特別志願兵の条令が出され、自分らは関係ないと思っていた台湾人と朝鮮人の学生が配属将校に呼び出されることになった。「君は志願するか?」ときかれて、台湾人の学生たちは「ハイ、志願します」と答えた。本当は誰一人兵隊になりたい人はいなかったのだが、ここのところは妥協して志願の意志を鮮明にしておかないと、あとでひどい目にあわされることを承知していたからであった。志願といっても、「志願」という名の強制徴兵であることを知らない者はいなかった。

ところが、朝鮮人の学生は「よく考えてからご返事します」と即答をさけた。志願をしなければ大学に残ってはおられないこと、おそらく徴用令書が来て、炭鉱とか道路工事に引っ張って行かれて、重労働を強いられることは目に見えていた。それでも、ほとんどの朝鮮人学生は志願を拒否して大学から姿を消し、どこかに雲がくれしてしまった。こういうところが台湾人と朝鮮人の国民性の違いと言ってもよいだろう。台湾人が「長いものには巻かれろ」と目前の禍《わざわ》いから逃れる方法をまず考えるのに対して、朝鮮人は

「目には目を、歯には歯を」で頑強に抵抗する。どちらが正しくて、どちらが上手な生き方かはなんとも判断の仕様がない。配属将校は一人一人聞き終わったあと、最後に「君は?」と私に聞いた。当時の私は早生まれの繰上げ入学だったから、満二十歳にはまだ三ヵ月足りなかった。

「自分はまだ満二十歳になっていませんので志願する資格がありません」と私は答えた。

「では来年になったらどうする?」

「来年になったら、志願をします」

「よしッ」

と配属将校は私の肩を叩いた。本当のところ来年はどうするか決めたわけではなかった。明日になればまた明日の風が吹くと私は思っていた。はたして、間もなく台湾にも徴兵制度を実施することが閣議で決定されたが、運のよいことにそれは昭和二十年(一九四五)からということになった。昭和十九年に徴兵年齢の満二十歳を迎える私は、そのために徴兵されることもなく、嵐と嵐の間を、風をよけてうまく通り抜けることができたのである。

しかし、学徒出陣のあとの東大には、兵隊検査に不合格だった病人と半病人とそして私のような未成年しか残らなかった。同期の経済学部の学生は三百五十名いたのが、四十名ていどに減っていた。その四十名にも勤労奉仕の仕事が割り当てられることになった。最初の頃は人手不足に悩む農家へ麦刈りや田植えの手伝いにやらされたが、そのうちに軍需省に動員されることになった。私もそのつもりでいたところ、学生課から、「君は台湾人だから軍需省に勤労奉仕に行くつもりなら、教授の保証が必要だ」と通知してきた。

「どうしてですか」と聞いたら、「秘密をもらすようなことがあったら困るからだ」と言われた。

「ならば、軍需省に行かなくともよろしいのですか?」と聞きかえしたら、「その場合は経済学部の研究室に残って本の整理の手伝いをすればよろしい」と言われた。私は二つ返事で研究室に残りたい旨、申し出た。経済学部には禁書に分類される本がたんとあって、研究室に残れば、特高や憲兵に睨《にら》まれることなしに、その中に顔を埋めて読書できることがはっきりしていた。こうして私はたいていの若者たちが学徒動員されて、ろくに勉強もできなかった時期に、ひとり研究室に残って万巻の書をひもとくことができた。私のマルクス、レーニンなどの左翼書に対する知識はほとんどこの時期に習得したものである。

信用のおけない奴に本心を打ち明けるな

これだけ執拗《しつよう》に追い詰められれば、少年時代に文学かぶれだった私も否応なしに政治青年になるよりほかなかった。たまたま二年生になってから「大東亜経済論」という講義を受けた。安平という助教授が担当で、講義にはほとんど出席しなかったが、試験の時に「満州国の統制経済について述べよ」という問題が出た。たまたま私は、軍部から追放されて退職していた矢内原忠雄先生の『帝国主義下の台湾』と『満州経済論』を読んでいた。そこで、「満州国の経済は日本の海外発展主義と現地の合弁資本の合作によってつくられたもので、その土地の住民の利益と必ずしも合致するものではない」といった主旨のことを書いた。私としては日本帝国主義と書きたい衝動に駆られたのを、待て待てと自制して、やっと「日本の海外発展主義」といった

東大経済学部時代

曖昧な表現にやわらげたつもりだったが、結果はどちらも同じことになった。

曖昧な表現を使ったつもりでも、私が矢内原教授の影響を受けていることは一目瞭然だった。今時こんな答案を寄せる不逞な学生はまず見当たらなかったから、安平助教授は自分の恩師で経済学部長をつとめていた橋爪教授に「こんな答案を書いた朝鮮人名前の学生がありますが、どうしたものでしょうか」と伺いを立てた。橋爪教授は大東亜戦争下の経済学部長がつとまるくらいだからカチカチの右翼で、その場で形相を変えて、「本人を呼んで来い。心を入れかえないなら、場合によっては退学処分にする」といきまいた。これには伺いを立てた助教授のほうが頭を抱え込んでしまった。

ちょうどその日、赤門からお茶の水まで下りる道中で、助教授は北山教授と一緒になった。道々歩きながら「実は困ったことが起こったのですが、こんな場合はどうしたらいいでしょうか？」と助教授は北山教授に、思想の悪い朝鮮人の答案のことを持ち出した。話を聞きながら、北山先生はふと思い当たるフシがあって、「その学生は何という名前かね」と聞いた。そうしたら、私の名前が出て来たので、

「君、そりゃ僕のよく知っている学生だ。朝鮮人じゃなくて、台湾人だ。真面目な学生で、そんなに思想の悪い学生じゃない。それにしても、どうして橋爪君に打ち明けたりしたんだ？」

「そんなつもりじゃなかったんです。こういう場合はどうするのが適当かという意味で、ちょっと相談してみただけなんです。そうしたら、橋爪先生がいきなり退学処分にすると言って怒り出したものですから、実は僕も困っているところなんです」

「そりゃ君、君のほうが悪いよ。学生が試験答案に本当に自分が思っていることを書くのは、教師を信頼しているからだよ。たとえ時世に合わないような危険思想でも、庇《かば》ってやるのが教師というものなんだよ」

「確かにそうですね。どうしたらよろしいでしょうか?」

「これは僕の学生だから、僕が学部長に代わって本人を叱ることにする。君からも橋爪君にわけを話して了解をとっておいて下さい」

「すみません。よろしくお願いします」

と安平助教授は頭を下げて頼んだそうである。

そんなこととは知らないから、北山教授から出頭の通知があると、私は何の用事だろうと思いながら、先生の部屋へ出かけて行った。先生は私の姿を見ると怖い顔をして、

「そこへ坐れ」と私を椅子に坐らせた。

「君は『大東亜経済論』の試験にどうしてあんな答案を書いたりするんだ」

私は見る見る顔面蒼白になった。

「書くということは喋ることよりもっと悪い。いまは自分が本当にそうだと思っていることでも、喋ったり書いたりすれば身に危険が及ぶ。このあいだ、憲兵隊につかまったばかりじゃないか。あんな目にあわされてもまだ懲りないのか！」

私の目から涙が溢れてきた。あわててハンカチをとり出しても溢れる涙をどうしようもなかった。いま先生は僕を助けようと思って僕を叱っているのだ。憲兵隊の時も下宿に帰ってからすぐ先生の家まで挨拶に行った。先生は

「無事でよかったなあ。憲兵隊の取調べは一週間単位だから、何もなければ、一週間で帰してもらえるはずだ。もし一週間たっても戻って来ないようなら、塚本大佐に頼みに行くつもりだった。でもいい経験をした。壁に耳ありだから、今後は言論を慎むように」

と私をさとされたばかりだった。

私がしゃくり上げているのを見ると、先生はさすがに可哀そうだと思ったのか、

「本当は君が悪いんじゃない。安平君が不用意だったんだ。でも、君は一応、安平君のところへ謝りに行って来い。もう二度と信用のおけない奴に本心を打ち明けたりするな」

先生はそうおっしゃったけれども、そのとおりにやったら、世の中に打ち明ける人が

一人もいなくなってしまう。人を信用しないで、どうやって生きて行けというのだろうか。そんな思いも手伝って、私はしゃくり上げながら先生の部屋を出た。その足ですぐ安平助教授の部屋を訪れた。私が「ご迷惑をかけて申し訳ありませんでした」と言って謝ると、助教授は椅子から立ち上がって、「僕のほうが悪かったんです。許して下さい」と私に向かって最敬礼をした。

謝られたからといって私の気がすむわけではなかった。また私が謝ったからといって、私の悪い思想がなおるわけでもなかった。いってみれば、これは植民地に被支配者として生まれた者の宿命のようなものであった。

すでに日本の旗色はかなり悪くなっていた。大本営の発表は相変らず強気で、自分らに有利な情報しか流していなかったが、ラバウルで孤立し、インパールで挫折し、その上、サイパン島に米軍が上陸を敢行し、やがて日本軍の玉砕が発表された。もう勝負はついたようなものであった。私はただの一学生にすぎなかったけれども、私の耳は地獄耳だった。時の侍従長の息子がクラスにいて、宮中での会議の模様を逐一私に喋ってくれていた。新聞で発表されていることと重臣たちの動きはちょうど裏腹だった。私は大本営発表よりも、宮中の消息を信じていたので、世の中の動きを人より早く感知することができた。

全学連の「種蒔く人」

東京空襲で岡山に疎開する

クラスメイトの中に、時の侍従長の息子がいたので、私はまた聞きであったが、宮中で重臣たちがどんな動きをしているか、だいたいのことがわかった。その情報が正しいとすれば、大東亜戦争は末期に近づきつつあった。内台航路はアメリカの潜水艦によって遮断され、家からの送金も連絡の手紙もほとんど途絶えてしまっていた。私は台湾から東大に来ている一留学生にすぎなかったけれども、間もなく日本は戦争に負けるだろうと予想していた。

昭和二十年(一九四五)三月九日の夜のことだった。私は仲の良かったクラスメイトのひとり、松本英男君に誘われて小石川にある彼の出身地・岡山県の寮に行き、夜遅くまで喋り込んでしまった。夜が更《ふ》けてくると、またまた空襲警報が鳴りはじめ、B29による空襲がはじまった。もう空襲警報や爆弾の投下は珍しくなくなっていたが、その夜の空襲はいつもと様子が違っていた。いつもならすぐ空襲警報解除になり、防空壕に入っていた人たちも部屋に戻って寝ることができたが、その夜に限って大編隊による空爆が続き、寮の屋根にのぼって東のほうを見ると、町中が大火事になってその焔《ほのお》で空まで明るくなっていた。

「どうやら本郷の方向だな。僕のアパートも焼けてしまったかもしれないなあ」

若い時はあきらめるのも早かったから、この寒空の中で明日からもぐり込むフトンがなくなるということも大して気にならなかった。

「行くところがなければ、オレんとこの田舎に行こうや。どうせ先生方だって東京にはおられなくなるだろうから」

と松本君は誘ってくれた。

夜の明けるのを待って後楽園まで歩き、電車道を真砂町《まさごちょう》のあたりまで来ると、屋根が焼けおちて焦げた匂いがそこいらに充満していた。煙のくすぶっている中を通りすぎて、もう駄目だろうと思いながら赤門前まで来ると、何と東大のシンボルともいうべき赤門がちゃんと立っているではないか。しかも、赤門前の路地を入った一角が奇跡的に焼けずに残っていた。私と許武勇さんが隣り同士で借りていた赤門アパートも無事だった。

「君がいなかったから、鍵をこわしてフトンとマクラだけ経済学部の研究室まで運んでおいてあげたよ。あっちは鉄筋だから、焼夷弾がおちたくらいでは焼けないと思ってね。でもアパートも焼けなくて本当によかった」

許さんは、昨夜の悪戦苦闘など忘れてケロリとしていた。しかしもうこれでは東京にも住めないから、親のいる神戸にでも帰ると言って、荷物を片づけにかかった。私としても、どこに疎開するか、きめなければならなかった。徴兵検査不合格のために学内に残された四十人の同期生の中で、特に親しくしていた松本英男君と長尾淳一郎君のどちらからも、「うちへ来いよ」と声をかけられた。長尾君は富久娘という造り酒屋の親戚で、お父さんは酒造りの技師であった。ただ家が広島市の町の中にあったので、広島市が空爆を受けたら、またまた再疎開しなければならないと思って、せっかくの好意だけれどと言って辞退をした。まさか原爆の一発目が半年後に広島市におちるとは夢にも思っていなかった。人間の運命なんて、ほんのちょっとの差で大きく変わるものである。

もう一方の松本君は、お父さんが九州電力の技師で、家は福岡市にあった。しかし、本籍地の岡山県上道《じょうとう》郡の浮田村（現・岡山市）というところに藁葺《わらぶ》きの田舎の家が空き家になっていた。少しばかりの農地も残っているので、晴耕雨読の生活をするつもりなら、きっとのんびりできるよと誘ってくれた。岡山市のすぐ近くでもあるし、そちらの話に乗ることにした。まずアパートにおいてあった本やさしあたり不要な家財道具は、経済学部研究室の倉庫の中に一時おかせてもらうことにした。半年以上も本の整理を手伝った関係で、事務の人たちとは誰とも親しくなり、その代わりなくなっても責任を負わないよという条件で承知してもらった。

岡山市には松本君の叔父さんが市役所に勤めていた。その家で二、三日泊めてもらい、叔父さん一家の家財道具をリヤカーに積んで郊外の家へ何回も運んだ。もしそれをやっていなかったら、叔父さんは全財産を失ってしまったに違いない。やがて焼夷弾による空襲が地方都市にも及び、焼け出された叔父さん夫婦が着のみ着のままで田舎の家へころがり込んでくることになったからである。

田園生活の中で聞いた玉音放送

こうして私は松本君と松本君のお祖母さんと三人で、終戦になるまで松本君の田舎で田園生活を送ることになった。松本君のお祖母さんは、叔父さんと同居していたが、年寄りだと空襲の時に逃げ遅れる心配もあったし、ろくに炊事もできない若い学生のために食事の用意をしてくれる婆さんがいたほうがいいだろうという配慮もあってのことであった。

お祖母さんは七十歳を越えていて、すでに少々呆けていたが、それでも百姓の経験があるから農業の知識はひととおり心得ていた。私たちが自分らの食べる野菜を種蒔《たねま》きからはじめると、こうすればよろしい、ああすればよろしい、と事細かに教えてくれた。掃除や炊事をしながら、「親の意見となすびの花は千に一つの徒《あだ》もない」というのが口癖であった。はじめの頃は何のことだかよくわからなかったが、自分で茄子を植えてみると、なるほど花が咲いたあとには必ず実がなる。徒のないことを仇にひっかけて、親の小言の弁解をしているのだとやっと気がついた。

松本君の田舎の家は本宅で、そのすぐお隣りに新家《しんや》があった。新家の一家は純然たる農家であった。また少々離れたところに内藤さんというこれまた専業農家だが、なかなか手広く農業を経営している親戚がいた。岡山県は全国でも農業の最も発展した地域であり、当時、大学から追放されていたマルクス学者の山田盛太郎《もりたろう》教授がとりあげているのを読んだことがある。農家という農家に脱穀用のエンジンが普及しており、戦争中でも食べ物にはさして不自由しなかった。私に田植えのやり方から、牛の使い方、さては炭の焼き方まで実地に手ほどきしてくれたのは、新家の人たちと内藤さんの一家であった。

牛を使って畝《うね》を起こすことからはじまって、もし岡山県の田舎に疎開しなかったら、おそらく一生体験することなどなかったことばかりである。あの地方に行くと、猫車という車輪が一つだけの手押しの運搬車があった。両手で把手を握り、首から綱をかけてバランスをとりながら押すと、どんな狭い畦道《あぜみち》でもスイスイと通り抜けることができる。その代わり、手加減を間違えるとたちまちバランスが崩れて車ごとひっくりかえり、積み荷がドッとあたり一面に投げ出されてしまう。何回かバツの悪い思いをさせられたが、私は案外器用なところがあって、間もなく山の松の木を切って猫車に載せて家まで運ぶこともできるようになったし、山の中にかまどを掘って炭を焼き、できあがった炭を家まで運び帰ることもできるようになった。

当時、若い者はほとんど兵隊にとられて、農村は人手不足に悩んでいた。私は手間いとわず自らすすんで野良仕事の手伝いをやったので、松本君の親戚たちからとても親切にしてもらった。台湾にいた時のように、内地人に威張られることもなく、東京の大学にいた時のように、しょっちゅう特高に呼び出されて訊問されることもなかった。食糧事情が急速に悪化したために、時としてうどんを食べなければならないこともあったが、米はこっそり白くついて食べることができたし、マスカットや白桃のシーズンになると、びっくりするほどおいしい果物にありつくことができた。

田園生活はのんびりしていて戦争の緊迫感を忘れさせるようなところがあったが、アメリカ軍の空からの攻撃は日ごとにきびしさを増し、ついに地方都市にまで及ぶようになった。岡山市がやられ、焼け出された松本君の叔父夫婦が避難してきた。田圃《たんぼ》に出て稲の手入れをしていると、B29が通りすぎるのが肉眼でも見えるようになった。ある朝、畑に出ていたら、西側で稲光がしたような気がした。間もなく広島に新型の爆弾が落とされ、町中が一瞬で木っ葉微塵になった噂が西のほうから伝わってきた。どんな爆弾だったのか、どの程度の威力を発揮したのか、誰にもよくわからなかったが、たいへんな被害を受けたことだけは口から口へと伝わった。その正体が原子爆弾という新型の爆弾であることが知られるまでには、まだかなりの時間が必要であった。

私にも、それから大半の日本人にも、原子爆弾に対する予備知識はなかった。ただピカリと光ってドーンと音がしただけで、十万人以上の人が死に、金魚鉢の中の金魚が焼け死にしたと聞いて、きっと長尾の奴もやられたに違いないと胸が痛くなった。もうこれで戦争もいよいよ終わりだと私は直感した。八月十四日になって、ラジオ放送で天皇の玉音放送があると報じた時、私は確信をもって

「戦争が終わるんですよ」

と松本君の家の人たちに言った。松本君の叔父さんは、

「そんなことはないだろう。きっと国民を激励されるための放送だよ」

と反論したが、

「明日お聞きになればわかりますよ」

と私は相手にしなかった。

翌日の正午、ラジオの前に皆で集まると、「君が代」が演奏されてやがて玉音放送がはじまった。雑音が入り交って必ずしもよく聞こえなかったが、「堪え難きを堪え、忍び難きを忍んで……」という件《くだり》に及んで、もはや疑いの余地はなくなった。日本国中が大きなショックを受けた瞬間であった。しかし、日本軍の軍靴に踏みにじられてきたアジアの被占領地の人々の反応は、もっと遥かに複雑なものであった。私の場合はせいぜい差別待遇を受けたり、憲兵隊に留置されたり、大学を退学処分にするぞと脅かされた程度にすぎないが、一家皆殺しにあったり、軍刀の試し斬りにあったりした人々がアジアにはどれだけいるかしれない。そういう人に比べたら、私の喜びは小さなものであり、「これでやっと自由になれる。チャンコロと罵られたりしないですむ」というささやかなものであった。

戦勝国民の仲間に組み入れられて

しかし、戦争はもう終わっていた。東京に戻ってもB29に爆弾を落とされる心配はなくなっていた。これ以上田舎に避難している意味がなくなったので、私は松本家の人たちに暇乞《いとまご》いをして東京へ戻ることにした。さんざん食べ物のことで厄介をかけた内藤家にも挨拶に行った。内藤家には年頃の澄ちゃんという、農家には珍しい上品で清潔な感じの娘さんがいた。瀬戸の役場に勤めているとかで、よく自転車に乗っている姿を見かけたが、私が顔を出すと、とても親切にしてくれた。私のことを憎からず思ってくれていることは、その態度でもすぐわかった。しかし、あの時代の雰囲気では、どちらから言い寄ることもできなかった。女の子が胸のうちを打ち明けられる時代ではなかったし、私は私で将来どうなるのか、自分でもまったく計画が立っていなかった。だから、にっこり笑いかける以上のことは何もできないでいた。

最後の日に別れの挨拶に行った時、澄ちゃんはちょうど井戸端に立ってつるべで水をくみあげているところであった。私が長い間お世話になりましたと言うと、

「とうとうおくにに帰られる時が来たんですね。おくにに帰られたら、偉い人になるんでしょうね」

と淋しそうな笑いを浮かべた。

「なんなら一緒に連れて行ってあげようか」

と、私はからかい半分に言った。半分くらいは本音もこめていた。みるみる澄ちゃんの顔がパッと赤くなった。

「いいえ、私なんか、田舎者ですもの」

やっとそれだけ答えるのが精一杯だった。そして、それが最後になった。東京へ戻った私はすぐ北山先生のところへ挨拶に行った。先生は私の話を聞きながら、

「君もすっかり田舎者になってしまったなあ。言葉遣いまで岡山弁じゃないか」

自分でもまったく気がつかなかったが、たった半年で人間は環境に順応してしまうものなのである。

とりあえずアパート探しからはじめなければならなかった。東京中が焼野が原になってしまって、そこへ疎開先から人が次々と戻ってくるので、どこもここも住宅不足で空室を見つけるのは容易でなかった。焼跡に古い木材やブリキ板をかき集めてきてバラック住まいをする人もふえていた。そんな中で、私がすぐに自分のアパートを見つけられたのは、意外なことに、自分の気がつかないあいだに、台湾人や朝鮮人が戦勝国民の仲間に組み入れられていたからであった。

世田谷区の等々力《とどろき》というところに、大東亜学生寮という戦争中に建てられた留学生寮があった。大東亜共栄圏をスローガンにしてきた東条英機首相の頃に日本に留学に来るアジア各地の学生のために建てられたもので、いってみれば、いいカッコをしてみせるためのものであった。当時の等々力にはほとんど住宅などなかったが、ここばかりは建材の不足した戦争中にもかかわらず、畑の中にぽつんとよく目立つ新しい建物が建っていた。台湾人は日本人ということになっていたから、入寮する資格がなく、ほとんどが汪精衛政権の頃に上海あたりからかき集められてきた占領下の中国人留学生によって占領されていた。

それが日本の敗戦によって台湾人も中国人ということになり、大東亜学生寮に入寮できることになった。「あすこに行ったら部屋が空いているよ、行ってみな」と大学の先輩から聞かされた私はすぐに訪ねて行った。今川さんと呼ばれる、とても物分かりのよい姉妹の寮母さんが一切をとりしきっていて、私が東大の学生であることを知ると、すぐに部屋をひとつ空けてくれた。あの戦後の住宅事情の下では、まさに地獄に仏であり、営利目的でなかったから部屋代もうんと安かった。私は大学の研究室に行って書棚の中に押し込んであった自分の荷物を少しずつ寮まで運び、以前には想像もできなかったような立派な環境で学生生活を送れるようになった。もう以前のように特高に乗り込まれることもなかったし、魯迅全集とか、マルクスの『資本論』とか、蔣介石の『中国的命運』を堂々と本棚に並べることができるようになっていた。

ある日、そこへ松本君が訪ねてきた。松本君は九月の卒業を前にして、都市銀行の一つに就職がきまっていた。

「このあいだ、岡山へ帰ってきたんだけどね」と松本君は言った。「田舎の連中はみな、君はスパイじゃないかと言っていたぞ」

「どうしてなんだ。どこがスパイなんだ」

「だって君は日本は戦争に負けると言っていただろう。玉音放送があった日でも、家中の者が励ましのお言葉でしょうと言ったら、君だけが戦争が終わるんだと自信ありげに言っていたじゃないか。そんなことが事前にわかる人はスパイに違いないと、村ではもっぱらの噂だよ」

「まさか！」と私は思わず叫んだ。「僕がスパイでないことは、六ヵ月間、毎日、起居を共にした君が一番よく知っているはずだ。あやしげな手紙が来たことだって一度もないし、無線の発信機なんか持っていたことがあるか。多少の情報と公平な判断力さえあれば、世の中がどうなるかくらいのことは見当がつくものだよ」

もう戦争が終わっていたからよかったようなものだが、もしもっと戦争が長びいていたら、私は岡山県の田舎でも再び憲兵隊や特高にとっつかまっていたかもしれない。いくら証拠がないと言い張っても、政府に不都合な情報は流言蜚語《ひご》としてきびしい処罰の対象にされて当たり前の時代だったからである。

どうスレ違ったのか、複雑な心境

戦争が終わると、学徒出陣で大学から姿を消していた学生たちも除隊になって、続々と戻ってきた。反対に、兵隊に行かず九月卒業を目睫《もくしょう》に控えた一握りの学友たちは、就職がほとんどきまっていた。大混乱のただ中とはいえ、東大出は依然としてエリート中のエリートであり、大蔵省とか日銀とか一流銀行、一流商社から引く手あまたであった。ただ、そうした就職事情は私にとってはまったく関係がなかった。

戦争中も戦後も経済学部事務室の入口の掲示板には、求人広告がベタベタ貼られていた。心を魅《ひ》かれるような求人も多かった。しかし、そのどれも植民地生まれの私には縁がなかった。仮に応募したとしても、玄関払いをくらわされたに違いないし、万に一つのチャンスで採用されたとしても、植民地生まれの人間が、社長とか頭取になれる可能性はまったくないと断言してよかった。戦争中でさえそうだったのだから、日本が戦争に敗れて、役所も大企業も組織が揺れに揺れている最中に、私のような者を拾ってくれる物好きがいるわけがなかった。

それに私は、他の多くの台湾からの留学生たちと同じように、一日も早く台湾へ帰りたいと思っていた。何しろ大半の船が撃沈され、内台航路は途絶してしまったまま、いつ再開されるのか見当もつかなかった。故郷へ帰れるあてもなく、かといって就職するあてもなかった私は、結局、大学院に残るよりほかなかった。あとになって考えれば、私自身は象牙の塔とはおよそ縁の遠い人間だが、その頃は本気になって学者になるつもりでいた。研究室に残ったところで東大教授にしてもらえる見込みはありそうになかったけれども、故郷へ帰れるようになれば、少なくとも台湾大学の教授ぐらいにはなれるだろうとタカをくくっていた。

私は北山教授にお願いして大学院に入れてもらうことにした。専攻科目には財政学を選んだ。自分の国もなかった者が財政学を選ぶなんてことは、ついこのあいだまでは考えられなかったことであるが、日本の敗戦によって自分の祖国があるようになったのだから、財政学を学んで国の役に立てることができたらと思ったのである。先生の諒解を得て私は経済学部に入学の申請書を提出し、正式に許可をもらった。当時、食うや食わずの中にあって、大学院に残ろうと考える学生は皆無に近かった。確か同期生では、難波高校出身で大阪から来ていた薄《すすき》信一君と私と二人だけだった。

そうしたある日、私が研究室に出かけて行くと、廊下でぱったりと長尾淳一郎君と鉢合わせをした。一瞬、私は我と我が目を疑った。幽霊に出会ったのではないかとさえ思った。

「おう。まだ生きていたのか」

と思わず叫んでしまった。

「うん。それがまだ生きているんだ」

と、半年前まで一緒になって本の整理をしたことのある長尾君は、ひょうきんないつもの調子で答えた。

「原爆にやられなかったのかい？」

「やられたんだ。でも家の中にいたし、高校時代の霜降りのズボンと白いシャツを着ていたせいか、光線をはねかえしたんだね。ドーンという音とともに家がペシャンコになって、気がついたら玄関の土間に投げ出されていた。その中から這《は》い上がってスタコラ、母や妹の疎開先まで訪ねて行ったんだ」

「よかったなあ。本当によかった」

と、私は思わず相手の肩を叩いた。

「でも、おやじはやられてしまった。ちょうど知り合いに不幸があって、葬式に行く途中だった」

「どこで死んだか、わかったかい？」

「それっきりだよ。死んだ人間の顔形なんか、とても確認できる状態じゃなかったよ」

「そりゃ残念なことをしたなあ。でも君が助かっただけでも本当によかった」

長尾君は第一銀行に就職がきまっており、その準備のために上京してきたのだという。その後、広島の原爆が広く全世界からとりあげられるようになり、原爆後遺症が多くの話題を呼んだが、原爆の直撃にあった長尾君は銀行を定年退職したあとも元気で、今なおちゃんと生きている。

一方、私のほうは大学院に残ったものの、心境的には敗戦に直面した日本人の友人たちよりずっと複雑であった。どこでどうスレ違ったのか、敗戦国のそのまた下積みにされていた台湾人や朝鮮人が一夜にして戦勝国の仲間入りをすることになったのは、主として占領軍の方針によるものであった。アメリカ人が、今までは日本軍にこきつかわれてきた台湾人や朝鮮人を占領国民並みに扱うようになったので、食料品の特別配給もしてもらえたし、新しくできたＰＸ（進駐軍専用売店）に自由に出入りすることもできた。また満員電車の中に一輛だけオフ・リミットになっていた占領軍用の車輛に乗ることもできた。

何もやらなかった自分たちがそういう特権を享受することに対して、私は抵抗を感じた。それは大学に来ていた私の友人たちにとっても同じであった。私は特別配給をもらうために区役所に手続きに行かなかったし、電車に乗る時もぎゅうぎゅう詰めの車輛のほうに乗り込んだ。しかし、神奈川県の高座《こうざ》にある海軍工廠《こうしょう》に台湾から徴用されてきた、まだ二十歳にもなっていない一万人近い少年工たちは、学問や教養と無縁だったせいもあるが、外人用の車輛の中でそっくりかえったり、プラットホームで気に入らない日本人に片っ端から暴行を働いて、人々のひんしゅくを買っていた。「なんという恥ずかしいことを！　これじゃ日本人が植民地や中国大陸の占領地域でやったことと、寸分違わないじゃないか」と私は煮えたぎる思いで胸の中が一杯になった。

こういう連中がPXから砂糖や石鹼《せっけん》を段ボール箱ごと運び出して闇市に横流しして、占領下の日本で大きな顔をした。そういう連中のことを日本人は心の中で決して宥《ゆる》さなかった。その証拠に、日本人は朝鮮人と台湾人を含めて旧植民地の人々を一括して第三国人と呼び、戦争で日本と正面切って戦ってきた戦勝国民とははっきり区別をした。そうはいっても、ろくな働きもなかった私たち留学生が、食糧不足の東京で何とか食いつなぐことができたのは、大東亜学生寮でそうした特別配給を、それもうんと安い公定価格で受けて、外よりずっとよい生活ができたからである。

新生台湾建設研究会と東大社研

自分の気持としては、一日も早くそうした環境から逃げ出したかった。そのためには、早い機会に台湾へ帰ることであった。日本政府はすでに海外に船を動かす能力を失っていたし、アメリカ軍には台湾人に配慮するまでの余裕がなかった。船が出るのはいつのことになるのか、まったく見当もつかなかった。それでも、私たちは希望に燃えていた。いままで頭の上に巨大な重石としてのしかかっていた帝国主義日本はなくなってしまい、自分らの台湾を自分たちで統治していける立場になっていた。いずれ蔣介石の国民政府が台湾へ入ってくるだろうが、少なくとも自分らを被支配民族扱いする人たちではないだろうと誰もが信じていた。それが実はそうではなくて、日本人よりももっと悪逆非道の搾取者であることを知るのにさして時間はかからなかったが、知らぬが仏で、少なくともその時点では、台湾からの留学生たちは誰も彼も元気潑剌《はつらつ》としていた。

いままで、各大学に行っていた台湾人学生の間には相互の連絡はなかった。うっかり連絡をしたり、一堂に会したりしようものなら、それこそ特高に嫌疑をかけられかねない立場にあった。しかし、もうそんな心配はなくなっていたから、台湾人同士の横の連絡をとるこまめな学生も現われ、「新生台湾建設研究会」という会をつくって皆で定期的に集まるようになった。当時、東京にいた先輩筋の台湾人は、東大法学部を卒業して大蔵省で地方の専売局長をやっていた朱昭陽氏、早稲田大学出身で総督府の統治を敬遠して代々木上原に大邸宅を構えていた台南市出身の大地主の謝国城氏、ずっと年は若いが、中央大学法学部出身で東京都に勤めていた楊廷謙氏などがいた。その中でも、もっとも若くて元気だった楊廷謙氏が世話役を買って出て、時々、清正公前にある東京都の寮の広間を借りて研究会を開いて気焔《きえん》をあげたりした。将来、台湾に帰ったら、大学で教鞭をとりたい人、財界で活躍したいと思っている人、さては官界で金融や財政を担当したいと希望している人は、それぞれ自分の抱負を披露して自分の夢を大きくふくらませていた。まさか、台湾大学で采配をふるうつもりになっていた朱昭陽氏が、私立大学を設立することすら許されず、延平《えんぺい》中学の校長になるのがやっと、楊廷謙氏がその硬骨の故《ゆえ》に叛徒としてとらえられ一生を獄中につながれ、辛《かろ》うじて人あたりのよい謝国城氏だけが火災保険会社の会長として実業界の片隅に生き残り、世界にその名を馳せたリトル・リーグ「台湾少年野球団」の総幹事として命脈を保つといったきびしい運命を辿《たど》るようになろうとは、神ならぬ身の知る由もなかった。

　さて、一方で台湾人のグループと緊密な連絡をとりながら、十月になると私は大学院へ入った。そこへ海外に連れて行かれないで国内の部隊で除隊になった学生たちが続々と戻ってきた。繰上げ卒業になった者はそのまま就職したり社会に出て行ったが、途中で入隊した者も多かったから、学内の教室が何年分かの学生たちで溢れるようになっていた。いままでのきびしい統制から解放された学生たちは、はじめて新鮮な空気を吸うように、言論と集会の自由を満喫することになった。勤労動員の時、一緒に大学院に残った薄信一君と私は学生たちの先輩格だったので、二人がリーダーになって「東大社会科学研究会」という会を結成した。結成にあたって、たとえ名目でもいいから指導教授をきめて下さいと事務室から注意されたので、薄君と相談した末に大河内一男助教授のところへお願いにあがった。どうして大河内助教授を選んだかというと、北山教授では左がかった連中から右翼と思われて合意が得られないし、戦後、教授に返り咲いた大内兵衛《ひょうえ》教授一派の左翼学者では薄君も私も気がすすまなかったからである。結局、右翼と左翼の間を彷徨《さまよ》うハムレットみたいな性格の、強引さには欠けるが人のよい大河内先生に落ち着いたのである。

掲示板に結成大会を開く予告をすると、何と三百名もの入会者が集まった。みんなカチンカチンのマルクス・ボーイばかりで、マルクス・ボーイでなかったのは薄君と私の二人だけであった。薄君は大阪商人の息子で、きわめて実利的な環境に育っているので、卒業とともにどこか銀行か商社にでも入るのかと思ったら、私の予想を裏切って大学院に残った。とてもマルクス的な発想に甘んずる人ではなかった。が、私は私で、戦争中は雨戸をおろし、カーテンをかけて、こっそり左翼の禁書を読み漁《あさ》ったくせに、戦争が終わって左翼の本が禁書でなくなってしまうと、もうすっかり熱が冷めてしまっていた。

私たち二人に比べると、その他大勢のマルクス・ボーイはまだほんのかけ出しにすぎなかったから、『資本論』の輪読会をやろうなどと青臭い主張ばかりが目立った。それに対して私は、読書など自分一人でもできる、せっかく皆で集まるのだから、皆で手分けをしてグループのメリットを生かした仕事をやろうじゃないかと提案した。たとえば、焼跡のバラックに住んでいる人たちの実態および輿論《よろん》調査である。私の提案が一番具体的だったので同調してくれる人もたくさんあって、私は薄君と徹夜で調査事項を具体的に書き出した。家族何人で住んでいるとか、バラックのスペースはどのくらいかとか、一ヵ月の生活費はいくらで、収入や貯蓄はいくらあるかとか、さては天皇制のことをどう思っているかといったことまで、二枚くらいの紙の中におさまるような質問事項を整理した。

これらの草案はすべて経済学部研究室の謄写版と紙と計算機を使って集計することになっていた。勤労奉仕を研究室でやり、事務室主任の太田さんをはじめ、女子事務員がいずれも喜んで協力してくれた。私は東大新聞に足繁く出入りしており、当時、大学新聞の編集長であった桜井恒次さんと昵懇《じっこん》にしてもらっていた。調査の結果が出たら、大学新聞に発表させてもらうことについても、事前に話がついていた。

しかし、いざ実行までこぎつけると、三百人集まっていた会員がたったの三十名に減ってしまった。血の気の多い学生たちは皆で集まって気焔をあげることには興味があるけれども、地道な調査には魅力を感じない模様だった。それでも私たちは挫《くじ》けずに、三十名で手分けをして、大森区とか、蒲田《かまた》区とか、荏原《えばら》区とか、さては小石川区とか、本郷区とか、いまでは統廃合されてなくなってしまった地区にあるバラックを丹念に、一軒一軒訪ねて聞いてきた答えを分類集計してデータをつくりあげていった。機械式のタイガー計算機をその時はじめて使った。いまの電卓と違って操作もむずかしく、手間もやたらにかかり、そのうえ不正確であった。それでも曲がりなりに結論を出し、私の名前で大学新聞に「壕舎生活者の実態及び輿論調査」と題して、半ペラしかなかった新聞の裏面の全ページを使って発表した。一週に一ぺん出る新聞の全体の半分をこのためにさいてくれたのだから、桜井さんもずいぶん思い切ったことをやったものである。

あとになって考えてみると、これは今しょっちゅう大新聞の大きなスペースを占めている実態調査や輿論調査のハシリだった。米軍占領下におかれていた大新聞社にはそういうことを思いつく人もいなかったし、それを発表するだけのスペースの余裕もなかった。まったくの偶然だが、それを一介の大学院生だった私が思いついて友人の協力を得て切り開いたことになる。将来、自分がジャーナリストになるかもしれないと思ったことはたったの一度もなかったが、自分が自分で考えて新しいニュースの源を切り開いたとすると、もしかしたら自分はジャーナリストになったら大成したのではないかと思ったりした。

私の調査が新聞に載ると、面白いことに朝日、毎日、読売、それに日経までが、私のレポートの内容をニュースとして紹介してくれた。自分の名前がそれによってあまねく知られるようになったわけではないけれども、学内ではかなり面目をほどこした。それにすっかり気をよくして、年が明けると、上野の地下道でごろ寝をしていた浮浪者たちの実態及び輿論調査にも手を出した。しかし、その仕事を手がけているうちに、突然、朗報が私のところへとび込んできた。台湾からの引揚げ者を乗せるために横須賀港から船が出る、その船に乗れば台湾へ帰れるから、早く用意するように、ということだった。

焼野が原を後に台湾へ戻る

待ちに待ったその日が来た。三月を前にして、妹は日本女子大の卒業式に全校の卒業生を代表して謝辞を読んだ。抜群の成績だったからであろうが、堤孝子というれっきとした日本人だったせいもあろう。しかし、戦争が終わってみれば、妹も邱家の二女であった。邱素沁《そしん》という中国名前は私がつけた。それがその後の彼女の一生の名前になった。卒業証書をもらうと、彼女も私と同じ船で台湾へ帰ることになった。

見渡す限り焼野が原になった東京の街角に立って、私はいったいいつになったら、日本は昔のような日本に戻るのだろうか、と首をかしげながら、道行く人を眺めていた。五十年はかかるだろうと言う人もあった。いや、百年は無理だろうともっと悲観的な論調も新聞に載っていた。そう言われても不思議ではないほど見渡す限りの廃墟であった。荒れはてたこの廃墟をめざして、次から次へと海外から日本人が帰ってくる。こんな狭い国土で、こんな仕事もないようなところで、どうやって八千万人からの人口を養っていくつもりだろうか。自分は年に二回もお米のとれる熱帯の台湾へこれから帰るからいいようなものだけれど、日本国内にとじ込められた日本人は、はたして餓死の恐怖にさらされないですむのだろうか。母の国である日本の将来のことを思うと、私は身震いを覚えると同時に、だんだん空おそろしくなってきた。

自分の都合で私が大学院半ばで東京を去ってしまうと、薄信一君は一人だけでは「東大社会科学研究会」を支えてゆくことができなくなってしまった。台湾へ帰った私は風の便りに、薄君が東大社研を追い出されたか、自分から追ん出たかして、東大社研が全学連の母体として発展的解消をしたと聞かされた。もしそうだとしたら、戦後の日本を震駭《しんがい》させた学生運動の種を蒔いたのはこの私たちだったことになる。ずっと後になって私は東京へ戻って作家になり、東京新聞に頼まれて全学連のデモの取材に行ったことがあるが、あのきかん気の筋金入りのスクラムを目の当たりにして、「昔、全学連、今、資本家の走狗……か」と思わず自嘲的なセリフが口から出てきた。あの時すでに私は経済の発展が日本を世界的な富裕国にすることを予見しており、自分自身が「金儲けの神様」への道を突っ走ることになるだろうことを自覚していた。

台湾独立に傾く

四、五ヵ月で国民政府に怨嗟の声

昭和二十一年（一九四六）二月、敗戦によって台湾から引き揚げる日本人兵士を乗せるために横須賀から船が出た。その船に私と妹は日本に引き揚げる日本兵とは逆のコースに乗って台湾へ帰った。その時の模様を私は、「濁水渓」という直木賞の候補作になったが落選の憂き目を見た作品の中で、次のように描写している。

以三民主義建設新台湾

と、基隆港の岸壁の倉庫に一坪に一字ぐらいの大きさで書かれている。港外に隔離された貨物船の甲板で、私は一日じゅうこの黒いペンキのスローガンを眺めていた。日が暮れると、文字は暗闇の中に消え去り、倉庫には明々と電燈がともる。われわれの船が到着すれば、入れ替りに日本内地へ送還される日本軍の兵士たちがそこへ集中されているのである。

はじめて故郷の海や山を見た時は、「嗚呼！　遂に遂に帰ったのだ！」と胸の底から湧きあがる感激を覚えたが、船はそのまま港外でストップを食ってしまった。船上には私をも含めて約二千名の台湾人が乗っている。大部分は戦時中海軍に徴用されて神奈川県下の高座で働いていた十五歳から二十歳の少年工員で占められ、三千トンの老朽貨物船はこれらの人間貨物で足の踏み場もないほど混雑している。皆が仰向けに寝ると、何人かはゴザからはみ出てしまうので、刺身のように体と体を重ね合わさなければならない。昼間はそうでもないが、夜になると天井から雫がおちてくる。横須賀から出帆した第一夜には甲板から水が漏れるのだと思ったが、じつは人間の吐く息が冷たい鉄板にあたって液化するのだとまもなく気づいた。排気設備が悪いので、船《せん》艙《そう》はむっとするように空気が濁っている。虱が猛烈な勢いで繁殖しはじめる。この不衛生な環境のなかで、横須賀を出て三日目、遂に船中に天然痘患者が発生してしまった。のろのろと走る老朽船は方向を変えて佐世保へ寄港し、陸からワクチンの補給を受けると、船客に一人のこらず種痘を施した。それから六日間もかかって、太平洋を南へ南へと進んだ船は、やっと基隆沖へ辿りついたのである。

以上のように、台湾へ辿りついた第一歩からして思うに任せなかった。天然痘の伝染の有無を確かめるために、船は基隆沖に八日間も隔離された。台湾の人たちはいずれも生まれると間もなく種痘をしているから、天然痘のうつる心配はなかったが、その代りに虱が湧きに湧いた。虱退治のためにＤＤＴの白い粉を頭から吹っかけられた。のちにＤＤＴは人畜に有害なことが判明して使用を禁じられたが、あの頃は殺虫に最も効果のある新しい薬剤だった。おかげで虱を身につけて上陸することだけはなんとか免れた。

東京を出発して二週間すぎてからようやく上陸が許された。しかし、税関を出て、一歩シャバに踏み込むと、早くも想像を絶することが起こっていることを知らされた。まず最初に耳にしたのは、蔣介石の国民政府が送り込んできた役人のデタラメと、威信のない軍隊に対する憎悪の声であった。台湾の人たちは、日本の植民政策に不満と反感を抱いていたので、日本が戦争に敗れて無条件降伏をした時、解放者として蔣介石に大きな望みを託した。しかし、基隆港に上陸してきた国民党の軍隊を見ると、青い綿入れを着て、銃の代わりに唐傘を持っていた。軍靴どころか、木綿の靴を履いた者も少なくなく、鍋や七輪を竹の籠《かご》の中に入れて、裸足のまま天秤棒《てんびんぼう》で担いでえっさえっさと進軍している。日本軍を打ち負かした精鋭部隊を期待していた民衆は、見ているのが恥ずかしくなり、早々に退散してしまった。国民党の威信はこれで一挙に地に堕ちてしまったのである。

それだけならまだよかったが、行政長官陳儀に率いられてきた役人たちの貪汚舞弊《タムウブウペイ》（汚職）が公然と天下に罷《まか》り通るようになった。たとえば、日本人が提出した財産目録の中に「金槌」があるのを見ると、すぐ目録から消すように命令し、金槌を持って来させたら、黄金の槌ではなくて、ただの鉄槌だったという笑い話もある。また船便がなかったために、学校の雨天体操場を借りて天井まで積み上げてあった砂糖のストックは、一斤が野菜の一斤よりも安いという奇現象を呈してきた。大陸からきた役人たちは片っぱしからそういうストックを徴収し、上海に運ばせて稼いだお金を自分のポケットに入れていた。

瑞芳《ずいほう》の金山を接収にきた役人は、モーターの中に溜《たま》った金粉欲しさにモーターをこわさせたし、ビール会社の接収にきた役人は、原料のホップを売りとばして着服し、ビールの生産が支障をきたしても素知らぬ顔をした。親分の陳儀は、台湾総督府の秘密の印刷工場で昼夜わかたず、おびただしい紙幣の印刷をさせ、そのお金で財政を賄ったので、生産が回復するどころか、のちに四万分の一に切り下げたほどの大インフレが台湾全島を襲うことになった。

国民政府の軍隊と役人が台湾に乗り込んできてから、まだ四、五ヵ月しかたっていなかったが、台湾中どこを歩いても怨嗟《えんさ》の声に充ち充ちていた。これから台湾の建設は自分らの手でやるのだと甘い夢を抱いて帰ってきた日本留学組にとって、これほど大きなショックはない。どこから手をつけてよいかわからないまま、私はひとまず親のいる生まれ故郷の台南市に帰ることにした。

大インフレの中で父と財産論争

台南市は米軍の空襲を次々と受け、かなり被害をこうむっていた。私が育った家も、二階の屋根に焼夷弾がおち、屋根の一部が壊れたが、家の中に火が入らなかったので、かろうじて焼け残った。育ての母はすでに他界していなかったが、父も母も無事だった。しかし、戦争中の統制経済で、青物市場の仕事も、軍隊に食糧を納入する仕事も、すべて市役所に召し上げられていたので、父親は組合からわずかなサラリーをもらう哀れな役員の一人に転落しており、手元に残ったお金で売り食いをしていた。

台南の町を歩くと、駅前や停仔脚《テンアカア》（家の下を通るアーケード）の下で、引き揚げる日本人たちが家財道具や本などを道端に並べて売っていた。その中には、私の欲しい本がたくさんあった。しかし、私にはお金がなかった。私が本を買いたいから、お金をくれな

いかと父親に言うと、父親は頭をふって、

「隣りの老讃《ラオツァン》を見なさい。お前と同じ年で、公学校しか出ていないけれど、神戸から引き揚げてくる時は、トランクに何杯も、薬品やら薬材を持って帰ってきた。それを売ったお金で家を買ったともっぱらの噂だ。それに比べて、お前は東大なんて名前ばかり立派な大学を卒業しているが、お金儲けについてはからっきしダメじゃないか。学問なんて何の役にも立たんもんだな」

と小言を食ってしまった。

この時ばかりはかなりこたえた。学問はお金のためにあるものじゃないと言いたかったが、中国人の社会ではそんなセリフは通用しない。学問もお金を儲けるためにあると思っている人が多いし、何も学問を表に出さなくとも、私が隣家の息子より理財の点で機転がきかないことは誰の目にも明らかだった。

父は私たちきょうだいのうち、上の四人を同時に東京や台北に勉強に行かせたくらいだから、小さな町の商人としては金儲けのうまいほうだった。しかし、それは物を安く仕入れてきて高く売る商人の才能であって、経済全体がどう動いているのか、またインフレのさなかで財産を保持するためにはどうしたらよいのかといった知識を持ち合わせているわけではなかった。借金するな、株をやるな、バクチを打つな、というのが商人としての父のモットーだった。自分でちゃんとその戒めを守ったが、頼まれると人によくお金を貸した。きょうだいや親戚には無利息でお金を貸したが、同じ商人仲間や近所の人だと、ちゃんと利息をとった。

私たちがずっと住んでいた二階建の家は、すぐお隣りの氷屋の持ち家で、氷屋は父からお金を借りていた。大家が店子《たなこ》から借金するのもおかしな話だが、借金の利息で大家に家賃を払うと、毎月おつりがきた。自分で家を買って住んでいるより、このほうがトクだと子供の頃によくきかされた。しかし、こうした小ざかしさは、戦後の猛烈なインフレを前にしては一切、役に立たなかった。大家に貸していたお金は二千円で、貸した頃は家が一軒建つほどの金額であったが、猛烈なインフレがはじまると、靴一足が四千円になった。隣りの大家は靴半足分の代金で何十年借りていたお金を父に返済してきたのである。

インフレのさなかだったから、金利は高かった。月に二〇%といったレートが当たり前になっていた。父は自分の全財産をはたいて三万円の現金をつくり、それを人に貸して月に六千円の金利をもらい、ホクホクしていた。ちょうどそこへ私が東京から帰ってきた。私は東大経済学部で、第一次大戦後のドイツのインフレの話を聞いていた。真面目で倹約家の兄貴と酒飲みで気前のよい弟がいて、兄貴は食う物も食わずにせっせと貯金をした。弟は酒びたりで暮らし、ウイスキーやビールの瓶を裏庭に積み重ねておいた。インフレが起こると、弟の空瓶を売ったお金のほうが、一生かかって貯金をした兄貴のお金よりも多くなった。

また月給日になると、工場の門の外に奥さんたちが待ちかまえていて、ご主人たちがもらった月給を渡すと、妻たちが買物をするために店屋まで走った。どうして走ったかというと、歩いているうちに物価が上がったから……というのがインフレについて私の仕入れた知識であった。まさにそれと同じことが私の帰りついた生まれ故郷で起こりつつあった。金利もなかなか払えなかった隣りの氷屋が、ポーンと元利合計耳を揃えて返してきたのが何よりの証拠であった。

私は父にインフレの話をし、お金を人に貸して利息をもらっていたのでは、元金が目減りしてすぐ全財産を失ってしまうからやめたほうがいいと忠告した。父は真顔になって「お前はバカだな」と私を怒鳴りつけた。「三万円貸したら、月に六千円も収入がある。いまなら三千円で生活できるから、毎月、元金がふえていく。たったこれだけのリクツもわからないのか」

それに対して私は、金利が高いのはお金の値打ちが急速に減りつつあるからであって、一年もしないうちに三万円が三千円の値打ちもなくなってしまう。それを防ぐためには、野菜より安い値段で取り引きされている砂糖を仕入れてきて家の中にストックしておいたほうがいいと主張した。それを聞くと父はいよいよ頭にきて、「せっかく大学まで出してやったのに、たったそれだけのリクツもわからないとは何事か。三万円は一年たっても三万円で、どうして三万円が三千円になってしまうんだ。お前は本当にバカだ」と私を叱りとばした。私は父がお金の額面に固執し、お金とはそれを使って買える物の大きさによって値打ちの変わるものだ、ということを理解していないことにやっと気がついた。半世紀も日本の統治下にあって、安定した物価に慣れてきた父にとっては無理もない話だが、この調子ではやがて全財産を失うだろうと思った。しかし、手を拱《こまぬ》いて見ているよりほかなかった。

目のカタキにされた台湾の知識階級

台南市では、姉や妹の通った一高女が二高女に格下げになり、逆に台湾人の通う二高女が一高女に昇格した。素沁と名をかえたすぐ下の妹は、新しい一高女に就職して教鞭をとるようになった。しかし、田舎の町では私のやることは何もなかったし、父が全財産を失うのをそばで見ているのはつらかったから、二週間もしないうちに私は台北市に出ることにした。

台北市には、私と同じように田舎に帰ったが、所在がなくてまたとび出してきた東京時代の仲間が集まっていた。さしあたりどこかに就職しなければならなかったので、台湾総督府の主計局長をやっていた塩見俊二さんのところへ挨拶に行った。引き継ぎのために残留していた塩見さんは、中央大学出身で東京都庁につとめたことのある楊廷謙君と私を、主計局の後身である台湾省財政庁に入れてくれた。塩見さんは日本に引き揚げてから間もなく高知県から参議院に打って出、のちに大臣を何期かつとめている。塩見さんとしては、楊君や私のような日本で高等教育を受けた者が、将来の台湾の財政を担うことを期待していたらしいが、できたての財政庁には人がうようよしているだけで、何もやることがなかった。

それでも勤務時間中はちゃんと机に向かっていなければならなかった。事務机の上には硯《すずり》と筆が置いてあって、習字をするにはもってこいだったが、何かやりたくてむずむずしている若者にとっては、とうてい我慢のできない退屈な毎日であった。血の気の多い楊君はたった三日間で、「辞めさせていただきます」と憤然として席を蹴った。私は多少は辛抱することを知っていたので、こらえにこらえたが、三日と三ヵ月の違いはあっても、結局、同じように役人になることは断念した。

ちょうどその頃、新興成金の一人に、新店《しんてん》というところで石炭を掘っている劉明さんという人がいた。戦後の日本で炭鉱主の羽振りがよかったように、台湾でも石炭を掘っている人が幅をきかせていた。劉明さんは細おもての、一見やさ男の感じだったが、仕事が仕事だけに荒くれ男たちを顎《あご》で使うことに慣れており、侠気もあったが、金離れもよかった。この人が、日本帰りのわれわれが不遇をかこっているのを見て、「私が財界の人たちに奉加帳をまわしてお金を集めましょう」と一番難しい仕事を引き受けてくれた。日本留学組はほとんどが職場から締め出され、台湾大学の教職員の椅子すら拒否されたので、それでは朱昭陽さんを未来の学長に担いで私立大学をつくろうじゃないかということになった。「私立延平学院籌備処《テュウピイツウ》」という設立事務所が劉明さんのオフィスの一角に設けられ、そこがわれわれの溜り場になった。

しかし、私立延平学院の設立は遅々として進まなかった。行政長官公署はわれわれを反政府運動の一派と見ており、われわれに許可を与えようとしなかったばかりでなく、「日本帝国主義的教育の害毒を受けた不逞分子」と公然非難するようになった。そういったわけで、大学の設立は棚上げになってしまったが、教育庁に話を持って行った人の面子もあるので、一段格下げして初中および高中だけが何とか許可になった。しかし、それから間もなく台湾人の反政府運動に対する弾圧がきびしさをまし、少しでも政府から不穏分子として睨まれると、片っぱしから検挙されて牢屋にぶち込まれるか、でなければ緑島《レットウ》（日本時代の火焼島《かしょうとう》）に島流しされるようになった。一番元気のよかった劉明さんが逮捕されて牢屋に入れられたのを聞いたのは、私が台湾から逃げ出し香港で亡命生活を送るようになってからであった。もし私が台湾に残っていたら、おそらく同じ運命を辿ったに違いない、とその時つくづく思った。

あの時、私立大学が設立されていたら、私は教授陣の末席にでも坐らせてもらうつもりだった。それまでの腰かけとして一時期、大同中学というところで英語の教師をやったこともあった。ABCもわからない子供相手だからなんとかごまかしはきいたが、日本の学校でならった英語では、そのうちに馬脚があらわれることは目に見えていた。とうとう教師の仕事も三ヵ月でやめてしまった。

約半年以上もウロウロした結果、私にわかったことは、大陸から乗り込んできた政府は、台湾人の知識階級を目のカタキにしているということであった。形ばかりの省参議会とか、南京政府への参政員を選挙したりしたが、その選出にあたっては、大陸から一緒に政府について帰ってきた台湾出身者を優先させ、日本時代からずっと台湾に住んでいる知識階級や有力者をできるかぎり、排除しようとした。台湾人たちは、大陸のことを「長山《トンスウア》」と呼んでいたから、大陸から戦後わたってきた外省人を「阿山仔《アースウアア》」（山の人）と呼び、彼らについて帰ってきた台湾人のことを「半山仔《ボアスウアア》」（半分、山の人）と呼んでいた。そのいずれにも、侮蔑的なニュアンスがこめられていたことはいうまでもない。

省参議会議長をつとめた黄朝琴、華南銀行董事長《とうじちょう》（頭取）をつとめた劉啓光、のちに内政部長（内務大臣）をつとめた連震東、ずっとのちに副総統をつとめた謝東閔《とうびん》といった人々は、いずれもこの「半山仔」に分類される。こういう人々は日本統治時代に日本人に反抗して大陸に逃げた人々だが、ただそれだけの理由で、抗日戦争に従事した功績を買われ、帰台して論功行賞の対象になったようなものであった。その分だけ日本帰りは存在を無視されただけでなく、すべての政府のポストから締め出された。まったく利権と関係のない教員をやるとか、でなければ商人になるかのどちらかしか、道は残されていなかった。

たまたま日本から基隆に帰る船の中で知り合った若い仲間たちと台北でよく会うようになった。いずれも台湾へ帰ってきて似たような目にあわされていたから、いっそこの際、企業をおこして実業家になろうじゃないか、と一緒にお金を出し合ってプラントの工事を請負う会社をつくった。友人の知り合いのなかに、日本時代に鳶《とび》職の下請けをしていた親方がいて、工事の見積りや施工はすべてその人が責任を持ってくれるということだった。

もう五十歳になっていたその鳶職は、日本人の手下として働いていただけに、誠実で男気のある人だった。しかし、仕事は一つとれただけで、老朽設備をこわして、ちゃんとした貯蔵タンクにつくりかえる工事は完成させたが、あとが続かなかった。私は何ヵ月か、カバンを持って事務所に行き、総経理（社長）の椅子に坐ったが、そのうちに家賃を払うことにも難儀するようになったので、これまた解散せざるを得なくなってしまった。

私は弟の友人の日本人が引き揚げたあとの大安十二甲というところにある住宅を占拠していたが、いくら家賃がただ同様であるといっても、いつまでもブラブラしているわけにはいかなかった。すでに台北にはアメリカの領事館が開かれ、なんと副領事として、高校時代、私たちに英語を教えてくれたジョージ・カー先生が赴任してきていた。先生の顔を見てやっと、先生が戦争中、米軍の情報員として台湾に駐在していたことに思い至った。先生は大東亜戦争のはじまる寸前にも、台湾人の学生たちに同情的で人気を博していたが、光復（中国が主権を回復した）後の台湾が日本人時代よりさらにひどくなっているのを見て、台湾人のために行政公署の役人たちにも遠慮のない苦情を呈してくれた。昔の教え子たちは、昔と同じように先生を慕って先生の住まいにしょっちゅう集まった。

また同じ頃、廖文奎《りょうぶんけい》、廖文毅《ぶんき》兄弟が上海から台湾へ帰ってきていた。廖兄弟は台南州の西螺《せいら》という地方の大地主の息子で、二人とも博士号をもっていた。文奎さんはシカゴ大学を卒業して金陵大学で教鞭をとり、『韓非子』の英訳をしたほどの学者であった。弟の文毅さんはミシガン州立大学を卒業したエンジニアで、どちらかというと実務肌というよりは政治家肌の人であった。二人とも大陸からアメリカに留学したので中国語と同じように英語をペラペラ喋り、われわれとはまったく異なる経歴の持主であった。また二人ともアメリカ人の奥さんを持っていた。したがって本来なら二人とも「半山仔」として国民政府の飼犬の役割をはたす資格があったが、二人ともアメリカ的な自由と平等と民主の空気を吸って育ったから、時の政府の飼犬になることを肯《がえ》んじなかった。文奎さんは上海に住んでいて時々、台湾に帰ってくる程度であったが、文毅さんは家族を連れて台北へ戻り、私の住んでいるすぐ近くの豪邸に居を構え、城内の事務所で『前鋒』という小雑誌を発行していた。

廖文毅さんはその雑誌を使って政府から無視されている不平分子を集め、「省都無力者会議」と名づけた定期的な座談会を開いていた。どんなことをやっているのだろうかと興味を抱いて、私も時々覗《のぞ》きにいったが、東大を出ていたとはいえ、私はまだ二十二歳の若僧だったから、いつも片隅のほうに小さくなって坐っていた。はじめて会った文毅さんはコールマン髭《ひげ》を生やし、蝶ネクタイ、それに麻の白いスーツを着て、いかにも洋行帰りというスタイルだった。こんな人がどうして国民政府の仲間にならないで、わざわざ無力者の味方をするのか私には不思議でならなかった。

全島を揺るがす二・二八事件

年が明けて全島を揺るがす二・二八事件が起こった時、廖氏兄弟はたまたま上海に行っていた。しかし、蔣介石の援軍が基隆に上陸して治安を回復すると、行政長官公署は、廖氏兄弟を事件の煽動者として全国に指名手配した。どう考えても、廖氏兄弟は二・二八事件と直接かかわっていないというよりほかないが、こういう時に、かねてから快く思っていない仇敵に一矢報いるのが、国民党の常套手段だった。台湾で出した通緝令《つうしゅうれい》はすぐにも上海まで及ぶものではなかったが、廖文毅さんは台湾へ帰るのを取りやめて急遽《きゅうきょ》、香港に居を移した。まだ台北にいる時に、その消息を私は文毅さんの甥の廖史豪さんから聞いた。

さて、以上の記述からもお察しいただけるように、二・二八事件は、起こるべくして起こった反政府暴動であると言ってよいだろう。汚職は跋扈《ばっこ》するし、権力は濫用されるし、台湾人はことごとく官公庁から締め出されるし、その上、インフレが猛烈なスピードで加速したので、民衆の生活は戦争中よりも苦しくなっていた。米や砂糖は基隆港から上海に積み出され、代わりに上海から密輸の煙草が持ち込まれるようになった。台湾には日本時代から受け継がれた専売局があって、専売局から売り出される酒や煙草以外はすべて違法ということになっていた。しかし、外省人はそうした法律を無視して、密輸してきた煙草を平気で行商の人たちにおろす。台湾の人たちは職にあぶれ、生活に困っているから、不法を承知で仕入れた煙草を道端で売っている。それをまた専売局の巡視官が片っぱしから没収してまわる。検挙するなら輸入業者にすべきなのに、密輸には目をつぶって、非力の庶民をいじめるのが国民政府のやり口なのである。

終戦の翌々年、すなわち一九四七年二月二十七日のことだった。専売局の巡視官がいつものように取締りに出動して、密輸煙草を売っている老婆をつかまえて煙草を没収しようとした。老婆は巡視官の前にひざまずいて許してくれるように哀願したが、血も涙もない扱いを受けた。その一部始終を二階のベランダから見ていた男が、「おい、許してやったらどうだ」と言葉をかけた。すると、巡視官はいきなり拳銃をぬいて男に向かって発砲した。男は前かがみに倒れかかり、ベランダの手すりにうつ伏せてしまった。ピストルの弾丸が心臓を貫いてしまったのである。

撃たれて死んだのは、大稲埕の老鰻《ロオモア》（やくざ）の身内であったから、他の仲間が黙って引っ込むわけがない。翌二月二十八日になると、お祭りの時に出陣する獅子面を担ぎ出し、顔役たちが「店をしめろ、門をとざせ」とふれてまわった。商家は真っ昼間からシャッターをおろし、獅子面を先頭にした行列が街をねり歩き、そのデモ隊が専売局の門前に着く頃には、三千人からの大部隊にふくれあがっていた。専売局を包囲した群衆は、「殺人犯の銃殺。専売局巡視制度の全廃。専売局長の引責辞職。犠牲者家族への弔慰金」を要求して回答を迫ったが、形勢危うしと見た専売局長はいち早く姿をくらましていた。

いつまで待っても埒《らち》があかないので、しびれをきらしたデモ隊は方向を変えて行政長官公署に向かって行進を開始した。もと台北市役所あとの行政長官公署前の広場は、たちまち怒れる市民で足の踏み場もないようになっていた。

「陳儀出てこい」

「猪官《チークワン》（ブタ役人）出てこい」

「殺人犯を銃殺にせい」

と群衆は口々に叫んだ。もしこの時、陳儀がベランダに出て誠意を示す演説でもぶてば、問題は簡単におさまったかもしれない。しかし、陳儀自身おそらく内心忸怩《じくじ》たるものがあっただろうし、怒れる群衆に直面することを極端に恐れたので、ついに姿を現わさなかった。そればかりか、三時間たっても群衆が解散しないのを見ると、陳儀は武装した軍隊をベランダに出して「撃て！」と命じた。長官公署の上から機銃掃射を受けてバタバタと倒れる人々の血まみれの姿を見ると、群衆はにわかに殺気立った。物見高い見物人たちの中には外省人もまじっていたが、外省人たちはたちまち復讐の対象となった。怒り狂った群衆は幾隊にも分かれて、専売局を破壊し、煙草を倉庫から運び出して道の真ん中に山と積んで火をつけた。放送局を占領した一隊はすぐ全島に向かって「省政自治」の要求を放送しはじめた。

どこから見ても計画的な反政府暴動とは言いがたかった。しかし、放送局を台湾人が占領したことがわかると、計画的にやったのではないかと思いたくなるほど短時日のうちに、台湾中の政府機関は台湾人によって占領されてしまった。外省人は善人悪人の見境なしに殴打され、天井裏にかくれたり、日本人が着ていたモンペ姿に身をやつさなければならなかった。かつて日本軍の訓練を受けた台湾人の青年たちは、「天に代りて不義を討つ」を高唱しながら大道を行進し、自分らで組織した治安部隊でバリケードを築いて通行人を誰何《すいか》した。外省人に間違えられないために台湾人の女は中国服を捨てて洋服に着かえたが、外省人の中には台湾人と同じ福建語を喋る者もあったので、怪しげな者を見ると、「おい、『君が代』を歌ってみろ」と強制した。台湾人なら誰でも「君が代」が歌えたが、陳儀について台湾に来た外省人にはそれが歌えなかったからである。

こうした騒動を前にして、台湾人の有力者や指導者は唖然としてしばしなすところを知らなかった。しかし、無政府状態のまま放置しておくこともできなかったので、省参議員や台北市会議員が中心になって、二・二八事件処理委員会を結成し、治安維持にあたる一方で、陳儀を相手に政治交渉をはじめた。

会議は連日のように台北市のド真ん中にある中山堂（もとの公会堂）で行われた。私は仕事をほったらかしにして、様子を見るために中山堂まで出かけて行ったが、会議室には入れてもらえなかった。まだ年が若かったし、有力者たちの目から見たら、物の数に入らなかったからである。

実はそのおかげで私は銃殺や投獄をかろうじて免れた。処理委員会に名を連ねた私の先輩や有力者は、大陸から援軍が到着すると、片っぱしから連行され、それっきり二度と姿を見せることがなかった。もし私がもう少し年をくっているか、もう少し社会的に地位があったら、おそらく同じ運命にあっていたことだろう。

もうこれ以上、一緒にはやって行けない

陳儀将軍は、形勢が悪かった間、処理委員会が提出した市県長公選、専売局長の更迭

などの要求を全面的に受け入れた。しかし、交渉をダラダラと引きのばしている間に、蔣介石に援軍の密電を打ち続けた。日本軍の受降典礼を受けるために来た裸足で天秤棒を担いだ田舎の兵隊と違って、今度はアメリカ式の新装備を身につけた精鋭部隊が基隆に上陸した。上陸部隊は抵抗する民衆に容赦なく機銃掃射を浴びせ、基隆港は銃殺された台湾人の死体で埋まった。国民党の軍隊は破竹の勢いで台北に進み、二・二八事件処理委員会のメンバーたちはいつの間にか、共産党の赤帽をかぶせられ、逃げ遅れた者や、自分は悪いことをしていないと信じて出頭した者はそのまま不帰の客となってしまった。

この事件で死んだ台湾人の数は五千人にも、あるいは一万人にものぼると言われている。私は国民党軍が掃蕩戦を展開している間、高校時代の先輩でもあり、かつ文学の仲間でもあった台北一高女の新垣宏一《にいがきこういち》さんの家の書棚と書棚の間で流れ弾を警戒しながら、

「大変なことになったなあ」と長い夜を語り明かした。

とうとうこれで大陸の中国人、つまり戦後になって渡ってきた外省人と、昔から台湾に住んでいる本省人との間に、永遠に埋めきれない溝ができてしまったようなものだった。日本が台湾を統治した五十年の間に、東大を卒業した台湾人は約百人ほどいたが、この事件で三人が殺された。一人は台湾大学の文学院長の林茂生氏。この人は事件の収拾のために尽力しただけで、政治的色彩も政治的野心もまったくない人だった。もう一

人は王育霖《いくりん》といって新竹《しんちく》地方法院の検察官をやっていたが、新竹市長がアメリカの援助物資である粉ミルクを横流ししている証拠をつかんで検挙したところ、逆に法院の上司に解職されてしまった。やむを得ず台北に出て建国中学の教師をやっていたところ、事件が起こると、新竹から糾察隊が押しかけてきて連行され、そのまま行方不明になってしまった。あとの一人は阮《げん》朝日といって屛東《へいとう》市で市長をやっていたが、これまた連行されて二度と姿を見せなかった。

死体の見つかった人はまだ好運なほうだった。かなりの死体が鎖や針金で縛られ、淡《たん》水河《すいが》に投げ捨てられていた。事件が終わってみると、殺された有名人のほとんどは、事件と直接、関係のない人たちばかりだった。以来、私は自分は無辜《むこ》だという考え方は中国人社会に通用しないことを肝に銘ずるようになった。またどさくさにまぎれて仇を討つ習性があることも考慮に入れて行動しなければたいへんな目にあわされるぞ、と自分に言いきかせるようになった。

それにしても、なんたる惨状であろうか。日本の植民地統治から解放されて、やっと祖国のふところに戻ったと思ったら、銃口を向けられて「言うことをきかないと撃つぞ」と機銃掃射の対象にされるとは、いったい、なんとしたことだろうか。一年前に勇躍して帰ってきた時には想像もしていないことばかりだった。甘ったれと言われれば、返す言葉はないが、事ここに至れば、もはや決断をするよりほかない。

「もうこれ以上、一緒にはやって行けないんだ」というのが台湾の人たちに共通の心理であった。大陸では国民党と共産党の内戦が各地で展開されており、腐敗した国民党の旗色は悪くなるばかりであった。またそれだからこそ、蔣介石は将来の逃げ道も考えて台湾人の徹底的弾圧を厳命したのであった。私にしてみれば、そうした大陸内の抗争の外に自分らを置く方法はないものかと、ない智恵をしぼった。そのためには、台湾を国民党の支配から切り離す方向にもっていく以外に方法はないと確信するに至った。

さよなら、私の台湾

密輸船で日本再渡航をくわだてる

戦争の終結した翌々年の一九四七年に、事もあろうに台湾の独立をくわだてるのは誰が見ても、正気の沙汰ではなかった。しかし、二・二八事件で多くの無辜の同胞が虐殺されるのを見て、黙っているわけにはいかなかった。蔣介石が麾下《きか》の彭孟緝《パンマンチィ》に命じて民衆に対して無差別銃撃を加えた無謀なやり方は、天安門事件の比ではなかった。もし天安門事件で逮捕命令の出された民主運動の若者たちが、正義感に駆られて反政府運動を起こさなかったとしたら、皆さんだって彼らの真意を疑いたくなるだろう。

当時、私はまだ二十三歳の若者だったし、正義感に燃えていた。国民政府に日本統治時代よりもっと苛酷な植民地扱いを受けたのでは、台湾人の将来が思いやられると心が痛んだ。唯一の方法は、台湾を国民政府の桎梏《しっこく》から引き離すことだった。カイロ会談にも臨んだくらいだから、蔣介石の存在は大きかった。その支配から脱《のが》れることは容易なことではない。陰謀が露見しただけでも生命はないと覚悟しなければならなかった。政府に批判的な言辞を吐いただけでも、共産党の帽子をかぶらされ、すぐにも軍事裁判にかけられ、銃殺されることが珍しくなかった時代のことである。

私の周辺の人たちはみな政府に対して猛烈な不満を持っていた。しかし、誰一人、正面切って政府に刃向う人はいなかった。反政府運動をやるためには同志を集めなければならないし、ゲリラ隊を組織しなければならない。私にはそういう経験もなかったし、そういう指導者もいなかった。それに本当のところ、それだけの勇気もなかったから、私の頭には、海外に出て、外から働きかけることばかりがこびりついていた。孫文だって、ハワイや日本にとび出して外から清朝政府を相手に戦ったではないか。そう自分に言いきかせた。しかし、実際に自分が外へ出て、香港や東京から独立の呼びかけをしてみると、そんな掛け声は波の音にかき消されて誰の耳にも届かなかった。本当の革命は、共産党にそのお手本があるように、ゲリラからはじめるのが本筋であることを悟るのにたいして時間はかからなかった。

勇気のない私は、本能的に危険に曝《さら》されることの少ない道を選びたかったのであろう。そのためには、もう一度日本へ戻るのが最善の道のように思われた。当時、日本人を乗せるための引揚げ船は来ていたけれども、日本人の引揚げ者しか乗せなかった。私の次の弟の耕南は、堤稔という日本籍を持っていたので、台湾大学へ行くより東京の大学にでも行ったほうがいいという母親の意見もあって、引揚げ船に乗って日本に戻った。その少し前に上海からいったん台湾へ引き揚げていた私の姉も、亭主と息子ともども、同じように日本へ引き揚げて行った。

私だけが台湾籍であるために、台湾に残されてしまった。あとになって考えてみると、ゲリラをやるだけの機転がきいたら、引揚げ船の中にもぐり込むくらいのことは何でもなかったはずだ。これまた国民政府の連中がわれわれに毒づいたように、何事もまともに受けとる「日本帝国主義的教育」の害毒におかされた証拠であったのかもしれない。

私に残された唯一の道は、非合法のヤミ船に乗って日本まで辿りつくことであった。日本と台湾の間は交通が途絶えていたが、蘇澳《そおう》港とか、淡水《たんすい》港から砂糖を積み込んで、与那国経由で日本へ密航する漁船の便があった。高校時代のクラスメイトの兄貴がその仕事に詳しいときいたので、わざわざ淡水港までその話をききに行ったことがある。一番小さい船だとたったの八トンで、甲板に砂糖を山積みにし、雨に濡れないようにその上からテントをかぶせる。人間の寝るところがないので、荷主は甲板の船べりに横たわり、夜など「いい月だな」と手をあげておろしたら、海の水に手が届いたという危険きわまりない航海だと言う。

それでも生命知らずの冒険家たちが跡を絶たないのは、当時、甘い物の欠乏していた日本まで砂糖を運ぶと、十倍にも売れたからである。船主と荷主で半分わけにしたとしても、五倍の稼ぎになる。

その話をきいた途端に、私はもう密輸船に乗ったつもりになっていた。私はすぐ台南市の自分の家へ帰り、母親に最後のおねだりをした。母は自分のへそくりの中から、砂糖を五十俵ほど買えるだけの現金を出してくれた。友人の兄貴が船主を紹介してくれ、条件もとり決めてくれた。砂糖は現物出資をしてくれる人が別にいるから、油を買ったりする船主側に出資してくれれば、同じだけの分け前をくれると言う。私は要求されたとおりの代金を支払い、自分が出資した船の確認をするために梧棲港《ごせい》（今の台中港）まで出かけて行った。梧棲港につながれていた百トンあまりの木造船に砂糖を積み込むものとばかり思っていたら、空船のまま出発し、途中、小さな漁港に寄って真夜中にそこから積み込むんだそうである。いつどこで積むかはいずれ知らせるから、いつでも出発できるように待機してくださいと言われて、いったん台北市に引き揚げた。

いよいよ今晩出帆するという日に、連絡があった。私は小さなトランクを一つ用意して、新竹県のさる漁村に連れて行かれた。日が暮れると、波打ち際から少し離れたところに件《くだん》の船が姿を現わし、それを合図に漁村のあちこちの家にかくしてあった砂糖入りの麻包を、村中の男女が一斉に運び出した。まず筏《いかだ》に積んで木造船のそばまで運び、そこで大きいほうの船に積みかえる。密輸とはいえ、ずいぶん大がかりなものだな、とすっかり感心して見守っていた。ところが、中途まで積んだところで突然、大波が打ちよせ、百トンの船が浅瀬に乗り上げてしまった。砂糖を積み込むどころか、逆にいままで積み込んでいた砂糖を下ろさなければ船は浮かび上がりそうもない。運も悪かったが、魚をとることしかできない漁村の人々には予想もできない事故だった。

そうこうしているうちに夜が明けそうになった。船主も荷主も浮き足立ってしまった。密告があったのかどうか知らないが、海岸線の防衛隊がこちらに向かっているというニュースが入ってきた。「つかまったらバカらしいから、一応、引き揚げることにしよう」と友人の兄貴に言われて、私はそそくさと現場をあとにした。

銀行員として博士論文に挑戦

そのまま新竹へ出て台北に向かう夜汽車に乗り込んだ。やっと座席を見つけるとドッと疲れが出て、そのままぐっすりねむり込んでしまった。どうも横になる時に靴を脱いだらしい。台北駅に着く前に、目をさまして靴を履こうとしたら、靴がどこにも見当たらない。寝ている間に、靴を盗まれてしまったのである。

あとでその話を母親にしたら、「足元がそんな調子では、先へ行けるわけがありませんよ」ときびしいことを言われてしまった。この一件で、友人の兄貴や船主が私を瞞《だま》したとは、今も私は思っていない。砂糖を積み込む現場も、船が浅瀬に乗り上げる現場もこの目で見てきたのだから。しかし、これでせっかくの紀伊国屋文左衛門の夢もあえなく破れてしまった。母親のへそくりもすっかりパーにしてしまったし、無一文で泣き言を並べても誰も同情してくれたりしない。やむを得ず、私は東大の先輩にあたる林益謙さんのところに相談に行った。林さんは一高、東大の秀才コースを歩んだ台湾人仲間のホープで、総督府時代に台湾人としてはじめて金融課長に任命されて有名になった。大東亜戦争になってからインドネシアに施政官として派遣されたこともある。しかし、日本時代に日本人から重用されただけに、終戦後は、新しい支配者になった国民政府から無視され、不遇をかこっていた。ただ何といっても、台湾人の中の出世頭であり、頭脳明晰かつ行政手腕も高く買われていたから、あちこちから口がかかっていた。

たまたま大陸から帰ってきた半山仔《ボアスウアア》の一人に劉啓光という人がいた。この人は日本時代に官憲に追われて、漁船の冷蔵室の中にかくれて大陸まで逃げた前歴があり、たいした学歴はなかったが、頭の回転もよく、時の政府と人脈もつながっていたので、華南銀行という日本人から接収した商業銀行の董事長に任命されていた。この人が自分の仕事に箔《はく》をつけることを思い立ち、銀行内に研究室を新設すべく、林益謙に白羽の矢を立てた。かつての台湾人の出世頭が一商業銀行の研究室主任では、上と下がひっくりかえったような人事だが、これもご時世であろう。私が訪ねて行くと林さんは、「君も来いよ」とすぐ私を誘ってくれた。ちょうど路頭に迷う寸前だったので、私は履歴書を書いて林さんに渡した。林さんは私を連れて董事長室に行くと、私を劉啓光氏に引き合わせた。はじめて見る銀行のボスは、とても目の鋭い人で、私は京劇に出てくる『三国志』の中の曹操を連想した。もちろん、だから彼は奸臣だと言っているわけではないが、それが私の受けた第一印象だった。実際にはかなり世話好きな人で、その人柄を褒める人に私は何回か出会ったことがある。

おかげで、私は台湾から亡命するまでの一年間を、前半は華南銀行研究員、後半は調査科長として糊口をしのがせてもらうことができた。研究員といっても、自分で仕事をつくり出す以外にやることは何もなかった。私にはまだ学者になりたいという尾骶骨《びていこつ》みたいなものが残っていたから、この機会に東大経済学部に提出する博士論文を書きたいと思っていた。紀伊国屋文左衛門が吹っとんでしまった途端にジョン・メイナード・ケインズ気取りではあまりにも身勝手すぎるが、そういう人間を養うことは銀行にとってもいい迷惑であろう。しかし、私はめげなかった。私は林益謙さんにあらかじめ諒解を得て、銀行の社内紙に寄稿する以外は、研究室の机に向かって博士論文の執筆を続け、それを研究室のタイピストに謄写紙を使って五部ずつ打ってもらった。博士論文は二部必要だときかされていたし、当時はまだコピー機もできていなかったから、タイプを使ってその目的が達せられたのは一《いっ》に銀行のおかげと言ってよかった。

私の博士論文は「生産力均衡の理論」と題した分厚いもので、五部のうち一部を研究室に残し、のちに香港に亡命してから、人に持参してきてもらった。その主旨は、ケインズが貯蓄と投資の均衡を主張したのに対して、金融操作だけでは景気の調整には不充分で、年々消費のふえる分と、年々生産のふえる分の間に、しかるべきバランスをとるべきだ、そのためには金融だけでなく、公共投資も民間投資も含めた総合的な対策が必要だ、という内容のものであった。のちに香港に住んでたびたび東京へ戻るようになってから、私はこの論文を恩師である北山冨久二郎先生のところへ持ち込んだ。しかし、その時、北山先生はすでに学習院大学に移籍したあとだったし、東大経済学部はマルクス経済学の総本山みたいなところになっていたから、仮に提出したとしても、とても受けつけてもらえそうになかった。修正ケインズ理論みたいな論文では、教授会を通らないこともわかっていた。だから先生に、「君のような、『風と共に去りぬ』のレット・バトラー役をやるような男に博士なんか似合わないよ。君は肩書なんて要らない人間なんだ」

と体《てい》よくかわされてしまった。私をこれ以上、失望させたくないという先生の配慮もあってのことだと思うが、戦後のあのマルクス主義全盛時代に私が学者の仲間に入れてもらえなかったとしても、なんら異とするに足らないことである。

この博士論文にはまだ後日譚《たん》がある。あれから四十何年たって、ある日、私は国民政府の新しい総統・李登輝さんを総統官邸に訪ねた。話の途中で突然、李総統が私の「生産力均衡の理論」のことを持ち出した。タイトルまで正確におっしゃったので、どうしてかと思ったら、私が去ったあと、華南銀行の研究室で私の博士論文を読んでくれたのだそうである。思わぬところにファンがあるものだととてもびっくりした。なお李さんは台北高校時代は私の一級下だったが、京都大学を卒業してから台湾へ帰り、のちコーネル大学で博士号をとって再び台湾へ帰り、台湾大学の農学部で教鞭をとっていたこともある。同年代の苦しみをともに味わった仲間の一人である。

徹夜で国連請願書の草案を書く

さて、銀行の研究室に籍をおいて、猛烈なインフレを物ともせず、博士論文の執筆ができたのは、銀行の待遇が予想外によかったからであった。物価に比例して、公務員の待遇はくりかえし調整された。銀行の待遇は公務員に準じていたので、その度に月給が上がった。その上、二ヵ月に一ぺんは、サラリーに相当する額の臨時ボーナスが支給されたので、銀行員の収入はエリートのトップを行っていた。もし私が立身出世を願うただのサラリーマンなら、銀行はこの上もなく坐り心地のよいポジションであった。しかし、私にはどうしても台湾から脱出したいという抜きがたい欲求があった。

さきにも述べたように、二・二八事件の時に偶然、上海に出向いていた廖文奎、廖文毅兄弟は、その行動から見ても、二・二八事件とは直接何のかかわりもなかったが、行政長官公署が貼り出した通緝令によると、民衆を煽動した元兇として逮捕の対象になっていた。兄の文奎博士のほうはそのまま南京大学に残って教鞭をとっており、弟の文毅氏はうっかり台湾に帰ってくるとお縄ちょうだいになるので、上海から、国民党の官憲の手の届かない香港に移ったと風の便りにきいた。私は文毅さんの消息がききたくて、東門の近くに住んでいた二人の甥にあたる廖史豪さんを訪ねて行った。

廖文毅さんが上海から香港に亡命したのは事実だった。「これから何をやろうとしているのですか？　もしかしたら台湾を大陸から引き離す運動……？」

と私が小声で言うと、

「シーッ」と史豪さんのお母さんが私の発言を止めた。「もうとっくにそういう決心をしたのですよ。自治の要求を出してもまったくきき入れてくれないのですから、そうする以外に方法はないでしょう。いま人を集めています。あなたも香港に行ったらどうですか?」

女の人は時とすると、男よりずっと大胆不敵である。のちに史豪さんもその弟さんも警備司令部につかまり、長い間、監獄に入れられたが、お母さんのほうは無事だった。悪いことをやるのは男ときまっていて、女はいくらそそのかしても、自分が直接行動しなければ罪にはならないのである。

私はすっかり心が動いた。香港に行くことなど、それまでただの一度も考えたことがなかったが、廖文毅氏が旗を振ってくれるなら、自分もその傘下にはせ参じようと考えた。

ある日、研究室主任の林益謙さんが私に「君に紹介してくれと言う人があるんだが」と声をかけてきた。

「台湾銀行に勤めている荘要伝君といって、台湾へ帰ってくる前は朝日新聞の香港特派員をやっていた青年だがね」

「その人が私に何の用事があるんですか?」と私はききかえした。

「君に折り入って頼みたいことがあるそうだ」

「へえー。僕に頼みたいことって何だろう?」

「会えばわかるよ。さっき電話が来て、もし都合がよかったら、午後三時に京町のKコーヒーで待っていると言っていた。Kコーヒーわかるだろう?　僕もその時間に行くから、君が先に行って待っていてくれ。二階のほうだよ」

言われたとおりの時間にKコーヒーに行った。下には何人かお客が入っていたが、二階に上がると誰もいなかった。しばらく待っていたら、色が黒くて、黒縁のロイドメガネをかけた三十歳くらいの青年が、階段の手すりをさわりながら上がってきた。白いワイシャツはそのへんのおっさんの着ているようなよれよれのもので、一見して体裁にかまわない人だということがわかった。

「邱さんですか?」ときかれて「そうです」と私が答えると、「林益謙さんは?」「もう来る頃でしょう」と私が答えると、間もなく林さんが上がってきた。注文したコーヒーを店員が置いていくと、林さんがまず口をひらいた。

「荘君は僕の最も信用している青年なんだ。去年の二・二八で一大決心をして、南京のスチュワート米大使のところまで談判に行っている。どんなことか、君、わかるだろう?」

それだけきけば、あとは何も言わないでも何の話かすぐピンときた。私も緊張したし、林さんの顔からも笑いが消えた。要するに、もう妥協はできないんだ、生命の危険をおかしてでも、国民政府を敵にまわして戦うよりほかないんだということだった。私や荘さんはまだ若かったから、こんな場合、すぐにも決心ができる。見ると、林さんも真剣な顔をしていた。もし林さんのような大先輩がリーダーになってくれたら本当に心強いんだが、と私は思った。

「どんなことになるかは君たち二人で話し合ってくれ。こういう話は、かかわっている人が少ないほどうまく行くんだから」

と林さんが言った。やっぱり、と私は思った。しかし、それはそれで仕方のないことだと私はすぐ思いなおした。林さんがきっかけをつくってくれただけでもよい。心の底では林さんも同じことを考えているとわかっただけでもよい。林さんが先に帰り、荘さんと私と二人があとに残った。こんなところで長話は禁物だというので、次の土曜日に台湾銀行の草山温泉にある寮に泊まりがけで行く約束をして、別々に喫茶店を出た。

約束の日に、バスの停留所で落ちあい、草山温泉に向かった。銀行の寮は戦前からあるもので、かなり広々とした立派な施設だったが、大陸から来た連中には温泉につかる習慣がないので、われわれのほかに泊まっている客はいなかった。まだ日本風のお膳なども揃っていて、風呂のあとに浴衣を着てお膳に向かった。荘さんはその間、ずっと自分のことを語った。中学時代に出身地の万華《ばんか》で特高に共産党員の嫌疑をかけられ、親指一本で天井から吊り下げられたが、それでも白状しなかったこと。台湾で学校に行くのをやめて東京に移り、中央大学法学部に入学した年に高等文官試験を受験したら、一ぺんで外交官の部に合格してしまったこと。台湾人が外交官試験に合格してもどうせ出世できないことはわかっているので、朝日新聞が記者を募集しているのに応募したら、すぐ採用になったこと。これ以上、大学へ行っても仕方ないと考え、大学を中退して新聞社に入社したら、大東亜戦争になって香港勤務を命ぜられたこと。戦争が終わって台湾に帰り、しばらく新聞記者をやっていたが、二・二八事件の時に怒り心頭に発してとうとうペンを捨てて、ただの銀行員に転業してしまったこと。どれ一つとっても、なかなかユニークな経歴の人であった。

「今、僕が一番後悔していることは、二・二八事件の起こるちょっと前に、うっかりして結婚してしまったことだ」と荘さんは半ば微笑、半ば苦笑を浮かべながら言った。

「友達に女の子を紹介しようと思って、知り合いの女性を連れて行ったんです。そうしたら友達が四の五の言って断わったので、面倒臭くなって僕がもらうことにしたんです。もし二・二八が先に起こっていたら、僕は結婚なんかしなかったと思うんです。家庭のしがらみがなかったら、どこにでも動けるし、生命を失っても別にどうということはないし」

「でも革命家は一生、独身というわけでもないでしょう。むしろ一生かかってやるのが革命でしょうから」

「ところが、うちの家内ときたら、ねずみみたいな奴で、僕がちょっと動いただけでもすぐピンと来てしまうんです。二・二八のあと、僕が上海へとんでスチュワート大使に会いに行った時も、すぐそれを嗅ぎつけて政治運動はやめてください、やめなければ台北市警察局に訴えて出るといって大騒ぎになったんです。今、廖文毅さんが香港で独立運動を展開しようとしています。本当なら僕が行って国連に出す請願書を書いてあげるべきなんですが、家内がジッと目を光らせていて、僕は身動きができないんです。君に折り入って頼みたいというのは、僕の代わりに香港に行ってくれることです」

「僕に何ができるんですか？」と私はききかえした。

「邱さんならできるんです。林さんからもききました。頭の回転もよいし、筆も立つし、台湾の政治や経済についても熟知しています。われわれに必要なのは、歴史から説き起こして、台湾人が大陸の中国人と同じ民族でないこと、大陸と同じ意識を持っていないことを証明してみせることです。とりわけ国連で先進国の人々を納得させようと思えば、きちんとしたデータや統計数字が必要です。その点、邱さんは研究室にいて、しょっちゅう統計も扱いなれているし、最適任者です」

「僕に何をやらせようと思っているのですか？」と私はききかえした。

「台湾の将来の地位を決定する国民投票を実施するための請願書の草案を書いてもらいたいのです。これから家へ帰って一週間くらいのうちに書いてみてください。僕も一緒に見ますから、書き終わったら、もう一度書きなおす時のために必要な数字だけ手帖の片隅に書きとめておいて、あとは全部焼いて捨ててしまうのです。それを頭の中に入れて、香港に行ってもう一度、はじめから書きなおすのです。準備万端整ったら、僕のほうから廖先生に連絡をします」

「廖文毅さんとはご面識があるのですか？」

「上海に行った時に会っています。人物についてあれこれ批判している余裕はありません。同じ志を持った人ができるだけ力を合わせることが肝心です」

翌日、山を下りると、私はすぐ夜を徹して草案を書きはじめた。三日もたつと書き上がったので、荘さんに見てもらった。ほとんど手を入れられないですんだ。二人の見ている前で私はそれを焼き捨てた。あとは香港に行く手筈《てはず》をととのえることだけが残っていた。

香港に魅せられて、うわの空

当時、台湾の人たちがパスポートなしで行ける外国は香港だけだった。阿片戦争のあとの中英協定で、中国人は香港に自由に出入りできるように取りきめられていたからである。しかし、人目につく台北の松山《まつやま》飛行場から香港にとぶのは危険だと思った。調べてみると、台南市から香港にとぶ便があった。私は銀行の研究室には「親から見合いのことで呼ばれているので」と言って、一週間の休暇をもらった。台南の家へ戻ると、家に一晩泊まっただけで「銀行の用事でもっと南のほうへ行くから」と言って家を出た。その足で台南市の飛行場に行ったら、運の悪いことに、ロンドンに行く知人を見送りに来た許武勇さんの兄さんとばったり顔を合わせてしまった。「どこに行くのですか?」ときかれたので、私も「人を見送りに来たのです」と答えた。しかし、最後まで控え室に頑張っていた私も、最後には腰をあげて飛行機に乗り込む行列のあとに続くよりほかなかった。飛行機に乗り込みながら、私はあの人が私の台南から香港にとんだことを口外してくれなければいいのだが、と心の中で祈った。

私を乗せたCAT(中華航空の前身)の飛行機は、途中、台風にあって香港へ着陸することができず、厦門《アモイ》で一夜を明かした。任務が任務だけに、中国の領内に不時着するのは心細い限りだった。ホテルの窓を開けると、隣りの屋根の上にお月さんがポッと浮かんでいた。まだ何もやっていないのだし、自分がこれから何をやろうとしているのか知っている人もいないのだから、そんなに心配をすることはないと自分に言いきかせながら、眠れないベッドの上で輾転《てんてん》反側した。翌朝、厦門を発って一時間後には無事、香港の啓徳《カイタック》飛行場に着いた。

廖文毅氏がわざわざ私を迎えに来てくれていた。すぐその足で金巴利道《キンバリー・ロード》にあるアパートに連れて行かれ、荷物を置くと、昼食をしようと案内されて、香港島側の浅水湾《ツェンスイワン》にあるリパルス・ベイ・ホテルに行った。コローニアル風の建物で、海の見えるバルコニーに陣取っていると、突然、自分が船底の暗闇の中から一等のデッキに出てきたような錯覚におちいった。

「台湾と香港はどうしてこんなにも違うのだろう？　こんなところで一生暮らせたら、どんなに素晴しいことか」

と私は目の前がくらくらするのを禁ずることができなかった。

その日から私は、焼いて捨てた請願書の草稿の復原に打ち込んだ。二日もしないうちに、私が日本語で書いた草稿はできあがった。廖文毅氏がそれを英文に打ち直すのにさらに二日かかった。それから廖氏は私をアメリカ総領事館に連れて行って、サービスという名前の副領事に引き合わせてくれた。この人が独立運動の担当者で、廖氏の英文をアメリカ人にも通用するホンモノの英語になおす作業を手伝ってくれた。もう一度タイプで打ち直した請願書に、台湾再解放同盟とか、台湾独立同盟の主席のサインをして、国連事務総長あてに送り出したのは、私が香港に到着してから六日目のことであった。

翌日、私は任務を終えて、再び香港から台南市の飛行場へ舞い戻った。

台南市に着いた私は、自分の家には寄らずに許武勇さんの家に直行した。許さんと兄さんを前にして、どうか自分が香港に行ったことはくれぐれも内密にしておいてほしいと頼んでから、やっと安堵の胸を撫でおろして台北市へ向かった。台北市へ戻ると、何食わぬ顔をして元の職場に帰った。見合いの結果はどうかときかれたくらいなもので、誰一人私の行動を疑う者はなかった。

私はすでに研究員から調査科長に昇進していた。調査科長は、物価の動きなどを調べて報告を書く必要があったので、よく三輪車に乗って大稲埕や城内の問屋をとび廻っていた。香港から帰ってきたばかりの私は、あの一週間の香港の印象があまりにも強烈だったせいで、もう何を見てもうわの空、心はとっくに台湾にはなかった。おそらく香港に行ってやったことがいつかはおおっぴらになるだろうから、身の安全のことも考えなければならなかった。

こうなったら早く逃げ出さないと

そうしたある日、いつものように研究室に行って、机の上に置いてあった新聞を何気なくひらくと、国連からAP、UP電で台湾の人たちが独立運動をやっている記事が報道されているのが、いきなり目の中にとびこんできた。それに対する台湾省参議会議長黄朝琴氏の反論が一頁分のスペースでデカデカと掲載されていた。台湾人を混血民族であると主張するとは何事だ。台湾人は中国人であり、すべての中国人は黄帝の子孫だと私に反論していた。私は、蔣介石が大陸から逃げ出す時だって兵士の大半は家族は連れてきていない、輸送手段がこれだけ発達した時代でもそうなのだから、鄭成功が台湾落ちをした時代は兵士たちが男だけだったことは疑いの余地がない、それが三百年の間に七百五十万人にふえたとすれば、現地の高山族の女と混血したと見るべきで、台湾人は大陸の中国人とかなり違うはずだと主張したのである。

自分がやったこととはいいながら、その反響の大きさに驚いて、私はあやうく新聞を取りおとすところであった。もし首謀者が誰かわかったら、それこそ生命がいくつあっても足りない。私はすぐ荘要伝さんに連絡をとった。「こうなったら一日も早く台湾から逃げ出さないと危ない、早く準備をするように」と荘さんからも忠告があった。準備をするといっても、妻や子があるわけではない。これといった財産があるわけでもない。いくらかそれらしいものがあるとすれば、当時、自分らの住んでいた住宅に権利金が発生するようになっていたくらいのことであった。

私はブローカーを走らせて、やっと権利金を払ってくれる人を見つけてもらった。引越し荷物を片づけていたら、荘さんが現われて、

「いよいよ危なくなってきたよ。どうも香港では自分らが安全なところにいるものだから、つい口が軽くて、台湾から訪ねて行った人に、台湾から銀行員がやってきて書いたと喋ったらしいんだ。こうなったら僕も危ない。僕も一緒に逃げるから、すまんが家内のために百万元ほど用意してくれないか。当日は、銀行のお客に招待されているからと言って、ネクタイをつけて銀行に出勤するつもりだが、百万元は銀行小切手にしておいてくれ。引き出しの奥にしまって、あとでわかるようにしておくから」

私自身、親たちの生活のことも考えなければならない立場だというのに、荘さんは自分の家族の分まで私にせびった。仕方がないから、家を売った権利金の中から荘さんに百万元、残金の中から半分を母親に渡したら、ポケットに千ドルのお金が残っただけだった。母親にだけは本当のことを打ち明けたほうがいいと思ったので、いよいよ出発する前の晩に、「国民政府を追っ払うためにこれから香港に行く」と手短に言った。する

と、母は少しもたじろがずに、

「それをやることには、私も賛成です。でも、政治家の人たちにうまく利用されないように気をつけてちょうだい」

母も、よほど腹に据えかねていたと見える。自分の息子が目の前からいなくなってしまうことに関しても、ひょっとしたらもう二度と会えなくなるかもしれないことについても、いっさい愚痴らしい愚痴はこぼさなかった。私は自分の生みの親より育ての親のほうに愛情を感じていたが、改めて自分の母親の偉さに心を打たれた。

あとはいつ台湾から逃げ出すか、だけになった。二人で一緒に逃げるといっても、同じ飛行機に乗って二人ともども取りおさえられたら馬鹿らしいと思ったので、ちょうど一時間違いで台北から香港にとぶ別々の便に予約をした。

「二人とも無事だったら、ペニンシュラ・ホテルの玄関で会おう。三時間後にそこで待っていろよ」

電話で最後の連絡をしてから、私は先に松山飛行場に向かった。もうこれで台湾は見おさめだといった感傷はなかった。そうした心の余裕もなかったが、必ずまた戻ってくるという気概に燃えていたからである。

三時間後に、私と荘要伝さんは約束どおりペニンシュラ・ホテルの正面玄関前で顔を合わせ、お互いの無事を祝福しあった。それはこれからの長く続く、険しい道のはじまりであって、終わりではなかった。

わが青春の香港

編物に明け暮れた台湾のロレンス

廖文毅博士邸にころがり込む

国民政府に弓を引いた私と荘要伝さんが、生命からがら別々の飛行機に乗って、香港まで辿りついたのは一九四八年十月末のことだった。

ペニンシュラ・ホテルの正面玄関で荘さんと無事顔を合わせたが、私も荘さんも香港では落ち着く先がなかったから、取りあえず廖文毅《りょうぶんき》さんのところへころがり込むつもりでいた。私は夏に国連宛の請願書を書きに来た時に一週間ばかり世話になったので、廖さんの家のことはだいたいわかっていたが、荘さんは廖さんに会うのもはじめてなら、廖さんの家庭の事情もよく知らなかった。ただ、南京のスチュワート駐華米大使に荘さんが会いに行った時に、廖文毅さんの兄さんで金陵大学の教授をしていた廖文奎博士に道案内をしてもらったので、間接的にはお互いのことは知っていた。もっとも、たとえ初対面であっても道を同じくすれば、すぐにもお互いを理解することができる。廖さんは快く荘さんと私を受け入れてくれ、自分がやっていることの概要を説明したり、台湾の独立運動に力を貸してくれる外交畑の人々やジャーナリストの面々を紹介してくれたりした。

当時の私はまだ二十四歳で、西も東もわからなかったから、廖文毅博士の戦略を批判するような立場にいなかった。しかし、荘要伝さんは戦争中、朝日新聞の特派員として香港に駐在したこともあり、台湾へ帰ってからも新聞記者をやっている時に政府の言論統制に不満で職をなげうったくらいだから、自分の意見もあり、人と妥協しない頑固さもあった。

私たちがころがり込んだ頃の廖文毅邸は、九龍側の金巴利道《キンバリー・ロード》諾士佛台《ノッシーファットトイ》一号というところにあった。家主は二階に住んでいて、その一階を借りていた。香港には珍しくちょっとした庭があって、犬好きの廖さんはイングリッシュ・セッター、アイリッシュ・セッター、ダンシュンドなど五匹の犬を飼っていた。家の中に入ると、ちょっとした応接間があって、寝室が三つ、そのうちメインには廖博士夫婦、もう一つの小さな寝室には女の子と男の子、そして、やや大きな寝室は、亡命してころがり込んできた若者たちに開放されていた。裏へ出ると、棟続きに使用人のための部屋が二つと台所があり、別に物置が一つあったが、廖さんは物置を犬小屋にしていた。

大部屋にはすでに二人先客があった。二人とも廖博士と同じ西螺《せいら》の出身で、書生のような仕事をしていた。別にこれまた西螺の大地主の息子で廖兄弟というのが香港の学校にかよっていた。親が知り合いというので、ちゃんと下宿代を払って一緒に住んでいたが、こちらの廖兄弟は政治とは全くかかわりがなかったし、のちに一人はバレエ・ダンサーになり、弟のほうは香港大学の建築科を卒業して香港政府に入り、政務司という中国人としては最も地位の高いナンバー・スリーにまで出世した。しかし、その頃はまだ高校生だった。

そこへ荘さんと私と二人してころがり込んだから、満員のところが超満員になった。一番おかんむりなのは、阿二《アーイー》という阿媽さんで、居候がふえると、食事の用意もふえるし、洗う皿の数もふえる。それが不満で居候にはこれ見よがしにつらくあたる。たとえば、風呂に入ったあと下着を洗濯物籠に入れておくと、荘さんと私の分だけふりわけてそのまま残しておくようなことを平気でやった。

「香港の女中さんは、家族何人の世話をするからいくら、ということで月給の取りきめをしているから、それより人数がふえると、もっとお金を要求するんだよ。オレたち、別にチップをやらないと、何もやってくれないのは当たり前だよ」

と香港の風習をよく知っている荘さんが私にわけを話してくれた。

荘さんは台湾を出てくる時、家族に残してきた生活費も私から無心したくらいだから、お金はまったく持っていなかった。仕方ないから私は後生大事に持っていたお金の中から香港ドルの十ドル紙幣を二枚抜き出して、「じゃ、これを僕たち二人から、と言って渡して下さい」と言って手渡した。その二十ドルを荘さんが阿二に渡したのはいいが、私から出たお金だと言わなかったから、阿媽さんは荘さんがチップをくれたものと勘違いした。

その日から、荘さんの下着類を洗うようになったが、私の下着は以前と同じようにきちんと選び出して籠の中に残された。私は怒るに怒れず、泣くに泣けず、「革命の志士が香港くんだりに来て、女中さんにバカにされているんだからなぁ」と身の不しあわせを嘆くばかりであった。

荘さんは約一ヵ月ほども香港にいただろうか。はじめて廖さんが台湾独立ののろしをあげた時はニュース・バリューがあったから、各通訊《つうしん》社が喜んで取り上げてくれたが、二回目、三回目になると、新聞にも出ないようになった。それでも廖さんは懲りずに、APやUPの支局長に会い、また定期的にアメリカをはじめ各国の政府にあてて請願書を発送していた。その活動の範囲と力量のほどがだんだんわかってきた荘さんは、「自分がここにいてもやることはない。日本に行ってマッカーサー元帥に働きかけたり、日本にいる台湾人を糾合する運動をしたい」と言い出した。

「日本に行きたい」と言っても、パスポートもなければ、入国ビザもなかった。当時は、日本人はまだ、外国にも出られなかったが、台湾や香港の人も日本には入れなかった。しかし、台湾からは砂糖を積んだ船が日本に通っていたし、香港からは貨物船が原料や食糧を積んで日本の港に出入りしていたので、その船の中にもぐり込んで行けば、港を守備しているMPの目をかすめて上陸することができた。

船員に化けて渡航するヤミ船の相場は香港ドルの千ドルだった。米ドルにすると、二百ドルくらいだったが、当時としては大金だった。そのお金を廖さんが出してくれたので、荘さんは間もなく香港からいなくなった。

東京へ舞い戻った荘さんは台湾独立連盟という組織をつくり、占領軍司令部に出入りするようになった。しかし、ある時、夜寝ていて突然、息絶えてしまった。暗殺されたのではないかという噂も立ったが、真偽のほどはわからない。思ったことはガムシャラにやらないと気のすまない直情径行の人であったが、妻子と離れ離れになって淋しい最期であった。

続々と香港に流れこむ大陸からの難民

それはさておき、廖博士が荘さんのヤミ船の渡航代に支払ったお金はすべて廖博士が自腹を切った。廖さんにどうしてそんなお金があったかというと、廖さんには向う見ずの子分がいて、香港と日本の密輸に従事していたからである。密輸といっても、当時、日本では手に入らなかったサッカリンやストレプトマイシンやペニシリンを日本に持って行って、帰りは米ドルに換えてもって帰ってくるだけの片道貿易であった。いい時は十倍にもなったというから、資金を出してあげた廖博士にもしかるべき分け前があったのであろう。

しかし、資金づくりまで自分らでやらなければならない革命運動は容易なことでないし、そう長続きのするものではない。現に私が廖家にころがり込むかなり以前に、サッカリンやペニシリンを積んだ船はすでに日本に着いたけれど、貨物について行った廖さんの子分はそれっきり香港へ帰って来なかった。陸揚げした荷物を預けておいたところ、そこの人に横領されてしまったとか、いや、子分のほうが使いこんでそれを他人のせいにしているとか、風の便りにいろんな噂が耳に入った。いずれも私の関知しないことだし、利害関係のないことだったが、お金の入る道が閉ざされれば、廖さんの台湾再解放

著者亡命中の邱家一族　中央は父と母

同盟が政治資金に事欠くことははっきりしていた。

そうした手元不如意といったことはあったけれども、香港に集まったわれわれ反政府分子の意気は盛んであった。というのも、日本軍が敗戦によって武装解除されて以来、中国大陸の国共紛争が表面化し、一九四八年十月になると、中共軍が瀋陽《しんよう》を占領し、国府軍が旧満州から全面撤退しただけでなく、南京の守備もあやしくなると広州への遷都を宣言したからである。さらに十一月十五日には中共軍が北京に無血入城した。こうなると、雪崩《なだれ》を打って国府軍は総崩れになり、年明けには蔣介石が引退を声明し、李宗仁が代総統になった。しかし、もはや頽勢《たいせい》を挽回できるわけもなく、南京も武漢も上海も青島（チンタオ）も次々と中共の占領するところとなった。どうしてそんな将棋倒しのようなことが起こるかというと、中共軍の攻勢に対抗すると生命懸けで応戦しなければならなかったが、城を明け渡して逃げるとなれば、役所の書類を焼いて悪事の数々の証拠湮滅《いんめつ》をやった上に公金を持ち逃げすることができたからである。国府軍の敗走は人民解放軍が優勢だったせいと言うよりも、国民党の腐敗によるものと見たほうが正しいであろう。

大陸で戦乱が起こると、その余波は必ず香港まで及ぶ。私たちは国民政府が中共に追い落とされると、アメリカはアジア防衛の必要から、台湾にその累が及ぶことをおそれて、国府の台湾入りを拒否するだろうという思惑を持っていた。当時、まだ平和条約も正式に結ばれておらず、国府の派遣した行政長官公署が台湾を管理していたが、台湾は正式の中国の領土ではなく、いわば委任統治地にすぎなかった。そういうことを理由に、アメリカが台湾海峡に艦隊を配置して一線を画してくれたら、その時は台湾人にチャンスがくる。そう考えて生命知らずにも、国民政府に叛旗をひるがえし、香港に亡命したのだが、国府軍が敗戦につぐ敗戦で、撤退をはじめると、今度は北京、上海をはじめ、すぐ隣接する広東省からも続々と難民が香港に流れ込んできた。

阿片戦争のあとの南京条約で、香港を割譲する時、イギリスと清朝政府の間で、中国人が香港に出入りすることに対しては制限しないという条文が取りかわされていた。だから内戦がはじまると、資本家からその日暮らしの貧乏人まで、戦乱をおそれた難民が大挙して香港へ流れ込んでも、香港政府としてはそれを食い止める方法がなかった。なにしろ国民政府の敗けっぷりも見事だったから、地方の軍閥や地主は財産を処分したり、兵隊を連れて撤退するだけの時間的な余裕がない。こういう時は金の延棒とか、ダイヤ、翡翠《ひすい》の類いでないと持って逃げられないし、早くから米ドルに換えて香港とかスイスに預金していた人は別だが、大金持も一瞬にして貧乏人に落魄《らくはく》するきわどい時代であった。

私自身、台北を出る時、ふところに米ドルで千ドルしか持っていなかった。もちろん、戦争直後の千ドルはいまの千ドルに比べると大きなお金であったが、お金儲けの方法も知らず、他に収入の道のない男のポケットの千ドルは、一ドル使えば一ドルだけ減る心細い千ドルであった。さいわい、廖家に居候をしていたから部屋代と食事代は只《ただ》であったが、外へ出るとショー・ウインドーには欲しい物がいくらでも並んでいた。自由港の香港は、日本などと違ってファッション製品から自家用自動車まですべての商品がまぶしいばかりに溢れていて、金のない若者にとっては高嶺の花というよりは目に毒であった。しかし、それにも懲りず、私は夕食後の散歩に、すぐ近くにあったギルマン・モーターズの新車の陳列されたショー・ウインドーの前を通ると、必ずその前に立ってしばらく中を覗き込んだ。

「いつか、あんな車が手に入るようになるといいね」

と言うと、若い廖兄弟は大地主の家に生まれ、大した苦労もしていないから、

「お金さえあれば、すぐに買えるよ」

と造作もないような相槌《あいづち》を打った。しかし、肝心のそのお金が私にはなかった。一ドルのお金を使うのにも何回も考えなければならない立場だったし、国民政府に叛旗をひるがえした以上、もはや帰るべき故郷もない流れ者でしかなかった。

それなのにショー・ウインドーを覗き込んでいると、すぐ難民の乞食がそばへ寄ってきて、お金の無心をする。あわてて歩き出すと、乞食はどこまでもついてきて、「一ドル下さい。お恵み下さい」と言い続ける。こちらも似たような境遇で、一ドルもらいたいのはこちらだと思うのに、どこまでもついてくるのである。本当に情けないとしか言いようのない日々であった。

密輸船に乗ってきた男との出会い

そうしたある日、蔡海童と自称する一人の男が廖文毅さんを訪ねてきた。私より十歳くらい年齢が上の三十四、五歳で、中肉中背だが、口中が銀歯だらけという感じの男だ

った。台湾の南部の東港《とうこう》というところの出身だが、京都で貴金属商をやっており、ヤミ船に神戸から乗り込んできたのだと言う。廖さんにつきそって同席していた私が、

「何のためにおいでになったのですか？」

ときくと、

「ストマイとペニシリンを仕入れに来たのですよ」

という答えがかえってきた。

「誰かお仲間と一緒ですか？」

「いや、一人で来ました。船員として船に乗り込みましたから、歯ミガキとタオルしか持ち込めず、ごらんの通り着のみ着のままです。さっき下着を買ってきて、ホテルでシャワーを浴び、着替えてきたところです」

「ストマイやペニシリンを仕入れる店はおわかりなんですか？」

「所番地は一応きいてきましたが、なにしろ香港ははじめてですから……」

「じゃ道案内が必要ですね」

「ですから、ここへ伺ったのです。どなたか今日からでも私の案内をしてくれる人をご紹介していただけませんか？」

と蔡海童は廖さんにきいた。

「君が案内してさしあげたらどうだ？」

と廖さんが私のほうを向いてきいた。

「でも広東語がまるでちんぷんかんぷんですから」

「それでも蔡さんよりはましだろう。お金を換える要領だとか、薬問屋に行く道順くらいはわかっているだろうから」

「ぜひそうして下さい。お願いします」

と蔡さんが私に頭を下げた。

本当に何もやることがなくて退屈しきっていた時だったから、私はその日から蔡さんの道案内をすることになった。蔡さんは私たちが住んでいる通りから二筋ほどフェリーに近い通りの小さなホテルに部屋をとっていた。その部屋に連れて行かれると、蔡さんはいきなりズボンを脱いでパンツ一枚になった。どうするのか見ていると、脱いだズボンのベルトの裏側を鋏《はさみ》で切った。すると、なかから金の延棒が何本も出てきた。また別のところをほどくと、タテに折ったドルの束が出てきた。ズボンの折目の中からはダイヤが三粒ほど出てきた。全財産をズボンの中にかくして持ってきたのである。

「お金を持ち出すのが困難だったから、こうするよりほかなかったのですよ」と弁解しながら、蔡さんは全財産を私の目の前に並べて見せた。「さあ、これから香港ドルに取り換えに行きましょう」とさっき脱いだズボンをもう一度穿《は》きなおすと、蔡さんは私を促した。

米ドルを香港ドルに換える両替屋は軒を並べているし、為替の相場が毎日立っているから、二、三軒きいてまわって一番高いところで換えればよかった。それに比べると、金の延棒は金屋に行かなければならないし、いざ売りに行くと、こちらの足元を見て、金のパーセンテージがどうのこうのと言って、相場より安い値段を提示する店が多かった。なかには、どんな成分か調べるのに二、三日はかかるからおいて行けという店まであった。ダイヤになると、色の具合からキズによってグレードがさまざまだから、店によってずいぶんひらきのある値をつけられた。蔡さんは日本でもそうした駆け引きにはなれていると見えて、安い値をつけられても少しも動ぜず、何軒かまわると、また一番脈のありそうな店に戻ってかなり粘った上で現金化した。

それから薬問屋の集まっている通りに出かけて、ストマイはあるか、ペニシリンはあるかときいてまわった。広東語の通じない分は字に書いたり、手真似で理解しあった。三、四軒もまわれば、どの店が正直な店かだいたいの見当がつく。そこへ戻って、たとえ一本につき二十セント負けてもらっても、数があるから、かなりの値引きになる。それを港の荷役会社に届けてもらい、荷造り用の石油カンとゴムの袋を用意してもらって、倉庫の中で荷造りをした。

まずストマイやペニシリンは段ボールの箱から取り出して、石油カンの中にスキマができないほどぎっしり詰めた。蓋をかぶせてその上からハンダづけをする。その上からゴムの袋をすっぽりかぶせるのは、万一、埠頭《ふとう》から陸揚げできずに、海の側におとして集荷する場合でも、海にポカポカ浮いているようにするためだそうである。

「海の中に投げ込むような場合もあるんですか？」

と私がきくと、

「たいていは、港の警備にあたっているMPを買収して見て見ぬフリをしてもらうから大丈夫ですよ。でも、どうしても話がつかない時は、夜陰にまぎれて反対側の海に投げて荷揚げをすることもあるんです」

「じゃ海に落っこちたまま拾いそこなうこともあるでしょうね」

「そりゃあるでしょう。でも荷揚げができずにそのまま香港に戻るよりは、一つや二つなくなってもそのほうがましですよ」

「この荷物を船に載せる時、香港の税関は立ち会わないのですか？」

「香港は自由港でしょう。阿片とか、銃器でも積んでいりゃうるさいけれど、こんなに何百隻という船が出入りしているところで、そんなことかまっちゃいませんよ」

「でもゴムの袋で荷造りしちゃあやしまれるでしょう」

「ですから出発する時は、石炭の下にかくしておくのです。神戸に着くか横浜で荷揚げをするかによって、ちょうど着く頃に荷揚げがしやすいように、機関長がどこの石炭から使うかも加減してくれるんですよ」

「すると、船員さんみなでグルになってやってくれるんですね」

「そりゃそうですよ。船員にとってこんないいアルバイトはめったにありませんから」

　三日も蔡さんとつきあっていると、密輸船の全貌がだいたい私にもわかってきた。密輸といっても、それは相手国が輸入を制限したり禁止したりしているだけのことで、香港側は別に制限があるわけではなく、したがって罪を犯しているという意識はないし、万一、相手国で御用になっても、「運が悪かった」ですむような商行為であると香港の人は割り切っていた。たまたま香港周辺の国々が外貨の不足でほとんど禁止に近いような高率の関税を課していたから、こういう商売が成り立つのであり、またそのおかげで香港が繁栄しているのだと言うこともできた。

　当時の日本は米軍の占領下にあったし、物資が欠乏して砂糖もサッカリンもなかった。またストマイやペニシリンのような新薬にも事欠いていた。多少の危険は伴ったが、日本から香港まで買出しに来れば、相場のよい時は八倍にも十倍にもなった。台北にいた時も漁船に砂糖を積んで日本に行くことを企てたくらいだから、それに比べるともっとずっと安全なルートであり、きいていた私の心は動いた。大きな鉄製の貨物船なら漁船のように浅瀬に乗り上げたり沈没したりする心配もないし、現に目の前でそれをやっているのを見ているのだから、私は蔡さんに、自分もいくらかお金を出したいがどうだろうか、と相談を持ちかけた。

「あんまり期待が大きいと困るけれど、まあ、一往復で倍になるくらいのつもりなら」

と蔡さんは私に同意した。お金を出すといっても、私の全財産は千ドルしかなかった。その中から万一のことを考えて生活費も残しておかなければならなかった。だから私は半分の五百ドルを出して蔡さんのベンチャー・ビジネスに賭けることにした。蔡さんは私と香港の町を歩きながら、靴屋があると、中に入ってラバー・ソールを買ったり、洋品店があると、男物や女物のセーターからマフラーまで買い入れた。フィンテックスの洋服地も買った。船員として乗り組むのだから、持って入れないのにどうするのかときいたら、京都の自分の家宛に郵便小包で送ってくれないかと言う。こういうものは物資不足の日本ではなかなか手に入らないし、ヤミで買おうとすると、香港の何倍もする。そんなものをどうして郵便小包で送れるのですかときいたら、一家で使うていどの量なら占領軍が救恤《きゅうじゅつ》小包として許可するのです、と蔡さんが説明してくれた。蔡さんが無事、貨物船に乗りこんで香港を離れると、私は言われたとおり郵便小包をつくって九龍郵便局に持って行った。郵便局では、難しい質問などいっさいなしで、小包を受けつけてくれた。

香港を発つ時、蔡さんは日本へ帰ったらすぐまた来るから、と言って私に別れを告げた。しかし、そのあと待っても待っても蔡さんは姿を見せなかった。なにしろわずかしかなかった全財産の中から半分を出したあとだったから、もしそのお金が戻って来なかったら私はこの先どうしていいのか、自分でもわからなかった。蔡さんを男と見込んでやったことだが、見立て違いということが起こらないとも限らない。進退きわまって、私は毎日を悶々として暮らした。

はじめて稼いだ百ドルの感激

来る日も来る日も心細い日が続いた。一人で香港のような異郷におっぽり出されてみると、いままでやってきたことはほとんど何の役にも立たず、改めて自分の非力を痛感せざるを得なかった。まずお金がなかった。お金がなくても、助けてくれる身内や友人があれば、なんとか暮らしていけるのだが、それも皆無となると、あとは労働力を提供して生活の糧を手に入れるよりほかなかった。ところが、難民の溢れた当時の香港で職にありつくのは容易なことではなかった。私には広東語がわからなかったし、なまじちゃんとした学歴があったので、荷物運びをやったり、レストランで働くには、それが邪魔になった。

のちに東京へ戻って「香港」という小説を書いて直木賞を受賞し、少々有名になった頃、もと勉強をした東大経済学部のOBの集まりである「経友会」で講演を頼まれたことがあった。私にはまだそれだけの資格がないからと、いったんは断わったが、次の年もまた同じことを頼まれたので、「生意気な奴だと思われても困るなぁ」と思って、のこのこ出かけて行った。すると、昔、私に経済学の難しい理論を教えてくれた先生方が下のほうに並び、私が演壇の上から講釈をする羽目になってしまった。私は自分が大学を卒業して故郷の台湾へ帰り、「日本の帝国主義的教育の害毒を身につけて帰ってきた」と大陸からやってきた連中に非難されたことや、二・二八事件で先輩たちが多く虐殺されたことに悲憤を感じて香港に亡命したことを手短に喋り、

「香港に逃げることによってどうやら一命は取り止めたものの、香港で流浪の日々を送るようになってとても困ったことがあります。それはこんな立派な大学で、難しい経済学の理論をいろいろ教わったけれども、お金儲けの仕方を教わらなかったことです」

と言ったら、先生方の間から爆笑が巻き起こった。私としては本当のことを言ったつ

もりだったが、あるいは事の本質を突いていたのかもしれない。

いずれにしても東大を出たことは、香港のような、金、金、金の町ではまったく何の足しにもならなかった。だから私は自分の生まれとか、自分の学歴とは何の関係もない、といって香港の人たちと同じことをやっていてはメシにもありつけないことがわかっていたから、まったく別の道を切りひらくのでない限り、この競争の激しい商業都市で生き残ることはできないとつくづく思った。

さすがの私も神経質になり、眠られないままに夜明けを迎える日々が続くようになった。収入の道もなく、持ち金も減る一方であったが、時間だけはあまった。私には読書の習慣があったが、私の読みなれた日本語の本は売っていなかった。仕方がないから、英語の本屋に行って、ディッケンズやD・H・ロレンスの小説本を買ってきて、英和辞典と首っ引きでイギリス文学の本に読み耽《ふけ》った。ロレンスの『息子と恋人』を原文で読んだのもその頃で、私はイギリス人の間で高く評価されているというディッケンズには最後まで馴染めなかったが、ロレンスからは感銘を受けた。日本で学んだ英語だから私の語学力のほどは知れているが、ロレンスの文章はさらりと書かれていて、推理小説的なストーリーの運びからは遠かったが、読んだあとに全体のイメージが大きく浮かび上がり、「やっぱりこの人は大作家だなぁ」という印象がいまも残っている。

ヒマに任せてずいぶん本を読んだつもりだが、それでも時間があまった。時々、廖さんに見せてもらった『ファーイースタン・エコノミック・レビュー』という香港の英文雑誌によく台湾のことが書かれており、国民党に対しても歯に衣を着せない批判を平気で載せていたので、もしかしたら自分の文章を載せてもらえるのではないかと考えて編集長を訪ねて行った。香港郵便局のすぐ近くのコローニアル風の古い建物の中にあって、ヘルパンという年配の編集長が出て来て、快く迎えてくれた。

私がしどろもどろの英語で、自分は台湾からの亡命者であり、台湾で何が起こっているかをよく知っていると自己紹介をしたら、じゃ、私のところの台湾通信員ということにして、月に一回、フォルモサ・コレスポンデンスを書いてくれませんか、とその場で依頼を受けた。原稿料をもらえるかもしれないということよりも、文章を載せてもらえるというだけで私は天にも昇る心地になった。

英語には自信がなかったので、まず日本語で書き、それを自分で英語になおした。それを廖文毅夫人になおしてもらった。廖夫人はアメリカ人だったから、文章の専門家でないにしても、少なくとも私よりはましだと思った。それをもう一度タイプに打ち直して、自分でヘルパンさんのところへ持って行った。私の書いた台湾通信は毎号必ず雑誌に載った。三号目を書いて私が届けに行くと、「ハイ。これはあなたの原稿料です」と言って、封筒に入った小切手を私に渡してくれた。外へ出て封筒の中身を見ると、小切手に香港ドル百ドルと書かれていた。これは私が香港に来てはじめて稼いだお金であった。はじめて稼いだお金が原稿料だったことも驚きであったが、それより貰えるとは思っていなかっただけに感激もひとしおだった。

その感激がよほどのショックになったとみえて、翌朝起きて新聞をとると、活字がボーッとしか見えない。「この新聞、変だなぁ」と廖兄弟の阿農《アーロン》という兄貴のほうに見せると、「どこが変ですか?」とききかえされた。変なのは新聞ではなくて実は私の目のほうだった。毎晩のように不眠の夜が続き、ぐったりしていたところへいきなり百ドルのお金がころがり込んできたために、ドッと疲れが出て目の前がボーッとなってしまったらしいのである。

字が見えないと、新聞も読めないし、タイプも打てない。背に腹はかえられないので、皇后大道中《クイーンズ・ロード・セントラル》にある眼鏡屋に行った。度数をはかるレンズをあれこれ入れかえられて、近視のほかに乱視も出ていることがわかった。すすめられるままに枠を選び、「いくらですか?」ときいたら、「八十五ドル」と言われた。気が転倒していたので、私は値切ることも忘れて、言いなりの八十五ドルを支払ってしまった。

店を出てから、よくよく考えてみたら、三ヵ月もかかって稼いだ百ドルの中の八十五ドルを眼鏡代に持って行かれ、手元には十五ドルしか残っていなかった。こんな割りに合わない仕事がまたとあるだろうか。もともと英語で文章を書くのは苦手だったし、これ以上、通信員の肩書で台湾政府の暴政をあばいても、台湾政府にとっては痛くも痒《かゆ》くもないことである。とうとう私は眼鏡の一件がきっかけで『ファーイースタン・エコノミック・レビュー』の執筆をやめてしまった。

といってほかにすることもないので、相変らず英語の小説本を読み耽っていた。しかし、本を読んでいるだけでは時間があまった。かといって廖家の五匹の飼犬を散歩に連れて歩くことは私にはできなかった。私は犬が嫌いで、犬になめられただけで逆毛が立つ体質だったからである。ちょうどその頃、廖夫人は毛糸を買ってきて、子供たちのセーターを編んでいた。それを見て、私は「これなら自分にもできるのではないか」と思い、「毛糸の編み方を教えてもらえませんか？」と申し出た。廖夫人は「ええ、いいですとも」と二つ返事で承知してくれた。

毛糸は既製品のセーターやチョッキよりずっと安かった。私は自分のセーターやマフラーを自分で編む決心をして自分の好みの色の毛糸を買いに行った。それから教えられたとおりの編棒も買ってきた。まず毛糸をほどいて丸い玉にまきなおし、一から手ほどきをしてもらってセーターを編みはじめた。私は生意気にも最初から二色で縞模様に編むことを思い立ち、一定の幅まで編むと、色の入れ替えをした。はじめは馴れないせいもあって、スピードも遅かったし、力の入り方が一定しなかったために、ところによってゆるみが出たりしたが、そのうちにしぜんに手が動くようになり、人とお喋りをしながらでも編みすすむことができるようになった。

私が編物をしていると、窓の外を通りかかった近所の工人《コンヤン》（女中さん）が、「あれっ、男の人が編物をしている。手間賃いくらかきいてくれませんか？」と阿二姐《アーイー》さんに尋ねた。その話をきいてもさすがに編物で生計を立てる気はなかったが、台湾のロレンスを志した男が、香港くんだりまで流れてきて、どうしてなすこともなく編物なんかしているんだろうかと、情けなさに涙がこぼれそうになった。しかし、それでも私は自分のセーターとチョッキとマフラーを一通り編み上げた。それが全部完成しても、私の生命の次に大切な五百ドルは戻って来なかった。途方に暮れながらも蔡さんが来る日を心待ちに待つ日が続いた。

青春の賭けに破れて商人となる

国民党の要職者丘念台氏との単独会談

亡命をするということは待つことだということを知ったのは、自分が香港に亡命してからのことであった。香港は亡命者の天国で、表立って派手な政治活動さえしなければ、刺客にでも襲われない限り生命の安全は保証されたし、身柄の引渡しを要求されることもなかった。私が亡命する少し前に、ベトナムの皇帝バオダイが亡命していたこともあったが、ちょうど私が亡命した頃は、共産党に追われた国民党の政治家や将軍たちが次から次へ亡命してきた。資本家とか地主とかに対する毛沢東の追撃に容赦はなかったから、これらの人々も、持てるだけの財産を持って、それこそ生命からがら香港に逃げ込んだ。

それらの人々の中で、アメリカにコネのある連中は、さらに香港からアメリカに渡ったが、捲土重来《けんどちょうらい》の夢を持った将軍たちの中には、蔣介石の台湾入りをみて、それに続く者も現われた。しかし、私や私の同志のように、蔣介石が逃げ込むのと逆の方向に逃げる人間にとっては、香港が唯一の亡命先だった。ただ、共産党の追撃を受けて南京から広州、広州から重慶、さらに重慶から成都へと遷都を続ける国民党政府のあわただしい動きの中に、アメリカが国民党政府の台湾入りを阻止する可能性があり、事と次第によっては、「台湾人の台湾」が実現できるチャンスがあった。

事実、アメリカ国務省の中には、そういう意見の人もいたし、そういう動きに敏感な台湾の政客の中には、わざわざ台北から香港にとんできて、廖文毅さんに面会を申し込んだ人もあった。その中の一人が国民党から重用されていた丘念台さんであった。私と同じ姓（邱と丘は同じ）の丘念台さんは、明治二十七、八年（一八九四、九五）の日清戦争で清朝が台湾を日本に割譲した際、それに反対して日本軍の上陸に抗戦した丘逢甲という人の息子であり、大陸に逃れた父親は台湾のことが忘れられずに、生まれた息子に念台という名をつけた。その念台さんは、終戦後、陳儀の台湾入りと同時に台湾へ帰って、国民党本部の要職についていた。この人がいきなり香港にやってきて、台湾の独立を主張している再解放同盟のボスに会いたいと言ったから、私たちは驚いた。

廖さんは私に自分の代わりに話をきいてきてくれ、と言うから、私が指定されたホテルに丘念台さんを訪ねて行った。丘念台さんとは、台北にいた時に一回、お会いしたことがあった。私立延平学院を設立するための口ききをお願いに上がった時のことである。薄くなった髪の毛をきれいに剃り上げた丸坊主の容貌が出家のようにみえて、年の頃はすでに五十歳をこえていただろうか。人にきいたところによると、私生活もつつましく、なかなかの人格者であるという評判だった。まだ二十五歳になったばかりの当時の私にとっては、社会的地位もずっと上で、近寄りがたい存在であった。

その丘念台さんが私の顔を見るなり、手をさしのべてきて、「これからは君たちの時代だよ。頑張ってください」と言ったから、私はあっけにとられてしまった。

自分の父親くらいの年の人に鄭重《ていちょう》この上ない扱いを受けたのもびっくりなら、世の中こんなところまで本当にきてしまったのだろうか、台湾の第一級の政客までそう考えるようになったのだろうか、と改めて時世の移り変わりにびっくりしたのである。

確かに、あの時点でアメリカが蔣介石の台湾入りを拒否していたら、国民政府はそのままこの世から消えてしまったに違いない。そういう動きになってきたことを丘念台さんは敏感に嗅ぎつけていたから、わざわざ香港までとんできたのであろう。廖文毅の天下になることを見越して、その時にはよろしく、といった意味の動きだったように思う。その変わり身の早さにも一驚したが、政治家は本能的に風見鶏であることを改めて痛感させられたことであった。

丘念台さんには台湾独立派と誼《よし》みを通じておこうという気持もあっただろうが、どの程度、アメリカから働きかけがあるのか、探りたいという目的もあった。だからそれとなくいろいろと質問の矛先を向けてきたが、私も負けずに思わせぶりな応答をした。しかし、すべてはアメリカが蔣介石の台湾入りを阻止するという仮定の上に立っての話だから、どちらにとっても雲をつかむような話であった。大した成果があったわけではないが、約一時間あまりの会談を終えて外へ出た私は、急に自分が大人物になったような興奮につつまれた。私は廖さんの片腕ということになっており、対外的には秘書長、すなわちセクレタリー・ゼネラルといういかめしい肩書がついていた。もし廖文毅博士が蔣介石に代わって台湾入りをすることになれば、私はナンバー・ツーになるわけだから、ちょっと肩で風を切りたい気持になったとしても、別に不思議ではない。

しかし、長い亡命生活の中で絶頂期があったとすれば、せいぜいこの時くらいなものであった。行き先もなく、お金もなかったからずっとお先真っ暗な日々が続いた。せめてもの救いは待ちに待った蔡海童さんが、私の期待を裏切らずに、半年ぶりに日本から戻ってきたことである。

旱天の慈雨、閃く郵便小包商売

香港に戻ってくるのが遅れたことについて蔡さんはいろいろと弁解していたが、本人の言うような事業上の都合というよりは、愚図愚図と行動する本人の性格からくるもののように私には思えた。前回と同じホテルに宿をとると、蔡さんはこれまた前回と同じように、ベルトをゆるめて細工をしたズボンの中から金の延棒やダイヤや米ドル紙幣を取り出した。その山の中から、百ドル紙幣を十枚抜き出して、「たいした配当でなくて申し訳ないが、倍にしておかえしします」と私の前に突き出した。

五倍にも十倍にもなるという話をきかされたあとだけに、倍ではなんとなく当てはずれという気がしないでもなかったが、考えてみれば、五百ドル出しただけで、難関をくぐったり、商品を処分したりする仕事はすべて相手任せだったのだから、千ドルになって戻ってきただけでもありがたいと思わなければならない。半年も無収入が続いたおかげで、私の財布はすでに底をついていた。そこへ五百ドルが千ドルになって戻ってきたのだから、「旱天《かんてん》の慈雨」と言ってよかった。

私は気をとりなおして蔡さんにお礼を言い、前より少しは上達した広東語を駆使して、香港滞在中の蔡さんの道案内をした。もう二回目だったから、ストマイやペニシリンを売っている薬問屋の人たちとも顔見知りになっていたし、郵便小包にする商品をどこで買えばよいかもわかるようになっていたので、何日もかかった作業が二日か、三日で片づいてしまった。

蔡さんは、商売として扱う商品は、以前と同じように石油カンに詰めて荷づくりしたが、奥さんや自分らが使う衣料品や靴などは相変らず私に頼んで郵便小包で送り出そうとした。その手伝いをしながら、私の頭の中に閃《ひらめ》くものがあった。

「いま買った洋服地、日本では売っていないのですか？」

スポーティックスやフィンテックスの布地を買いに入った生地屋の店先で、私は蔡さんにきいた。

「外国製品は日本では貴重品ですよ。これを業者の人に売っても倍以上には売れるでしょう。お客さんはそのまた倍の値段で買わされます」

「そんな高いもの誰が買うんですか？」

「いつの世も、人より金回りのいい人がいるものですよ。いまならヤミ屋さんが一番でしょう」

「さっき買ったラバー・ソール、あれもそうですか？」

「アメちゃんが来て、アメリカの風俗が日本中を風靡していているんですよ。厚いゴム底の革靴は、流行の最先端ですから、品物さえあれば、羽が生えたように売れます」

「そういう物を郵便で送っても、税金をかけられたりしないんですか？」

「家庭で使うていどの数量なら、〝救恤小包〟ということで無税で通関させてくれるんです」

「じゃ、ペニシリンやストレプトマイシンも少量なら通してくれますか？」

「家庭用品の範囲内なら通るんじゃないですか」

「じゃ、蔡さんのように、石油カンの中に詰めて危ない思いをするより、郵便小包にして送ったほうがいいんじゃないですか」

と私は蔡さんに逆提案してみた。

しかし、蔡さんの頭の中には、郵便小包が商売になるというアイデアがなかったから、

「そんな細かいことをやったのではお金にならないよ。一か八か、仕事に賭けて大きく儲けるのが男の仕事だよ」と相手になってくれなかった。

私は一ぺん自分の頭に閃いたことをそのまま消してしまうことができなかった。なるほど郵便小包一つに詰められる商品は当時の日本のお金にして一万円ていどのものにすぎない。日本人の給料がまだ二千円か、三千円だった頃の話である。それが日本に合法的なルートで届いて、一万円が二万円になれば、そうバカにしたものでもない。月に十

個送れば十万円の利益になるし、百個送れるようになったら、百万円になる。私のように小資本しか持っていない者にとっては、胸のときめくようなチャンスが目の前にころがっているように思えてならなかった。

蔡さんがあまり関心を示してくれなかったので、私は、別のパートナーを見つけるよりほかなかった。東京には大学時代の友人がたくさんいたが、東大出にこんな仕事を手伝ってくれそうな者は一人もいないし、私の姉は日本人と結婚して、上海で終戦を迎え、台北経由で東京に引き揚げていたが、東京へ帰ってから意見が合わなくなって離婚をしていた。また次の弟は、台北高等学校を卒業したところで終戦を迎え、大学は日本のほうがいいという私の母の意見もあって、日本人として引揚げ船に乗って東京へ渡っていた。しかし、大学へ行くどころか、立川あたりでヤミ屋の仲間入りをしていると風の便りにきいていた。のちに弟は、私にきつくさとされて（というのも私の家では、兄弟の上の者に絶対的な権威があるように教育していたので、弟たちは私のことをとてもこわがっていた）、あわてて大学の受験に行った。立川に住んでいたので、一橋大学を受験するように言いつけ、弟もそのつもりで近所の大学に受験に行ったが、合格の通知を受けるまでそれが東京経済大学であることに気づかなかったというエピソードがある。

「お前、よくそれで津田英学塾と間違えなかったものだな」と兄貴の私からからかわれたことがある。

弟はまだ二十歳になったばかりだし、そんな仕事が任せられるとも思わなかったので、私は自分の姉に手紙を書いた。姉は臼田金太郎というボクサーあがりの事業家と再婚しており、自分の亭主に相談した上で、まず試験的に自分のところ宛に小包を送ってみたらどうだろうかと言ってくれた。私は千ドルしか資本にするお金を持っていなかったが、その中からまず小包を二つつくって、指定された住所宛に送った。はたして小包が無事着いてくれるか、また着いた小包の中身がちゃんと商品として売れるか、を待つ時間がずいぶん長かった。

義兄の臼田金太郎（左）と著者

香港から横浜までなら貨物船でも一週間くらいで着くのだが、郵便物を積む船もあれば、積まない船もある。その船が先に下関とか、神戸に立ち寄ることもある。また小包はいったん東京駅前にある中央郵便局の税関で検査を受けてから地方郵便局にまわるので、そのための日数も必要だった。だから、かれこれ二十日もかかってしまったが、最初の小包が無事ついたことを姉の手紙で知らされた。当時の日本は物資欠乏の只中であったから、小包の中身はまわりにいる人だけで処分できた、とその手紙の中に書かれてあった。

私はとびあがって喜んだ。少なくともこれで、危険を冒さずに金儲けのできる新しいルートがひらかれたことは確かだった。しかし、それを大々的に展開したくとも私にはそれだけの資本がなかったし、東京で物を売って回収したお金を香港まで持って帰る方法もわからなかった。とりあえず手元にあるお金の中から当座に必要なお金を残して、あとはすべて郵便小包にして日本に送った。それだけでは回転がおそかったので、廖博士にも、また若い廖兄弟にも、出資してくれないかと誘いをかけた。

その時、廖さんは確か千ドル出してくれた。廖兄弟はいくら出してくれたか忘れたが、学資として銀行に預けていたお金の中からの出資だから、そう大したお金ではなかった。のちに、私は蔡海童さんのやり方に見習って、出資者半分、経営者半分の比率で分配し、廖文毅さんには千七百ドルにして返し、廖兄弟にも同じ比率で配当金を払ったが、若いほうの廖兄弟は分配が少ないと不満を私にぶちまけて出資金を途中で引き揚げてしまった。というのも、私のやっているのをみて、早速にも私の真似をした人が同じ屋根の下にいたからである。その人は廖博士の姪にあたる人だったが、自分のほうに出資してくれたらもっと高率の配当をすると誘いをかけたらしい。

それはもう少しあとになってからの出来事であるが、とりあえず郵便小包でも商売になることがわかったので、私は資金の続く限り、また短い期間に回転がきくように、全力をあげた。お金を送り返してもらう方法のなかった時は、手紙の中に米ドルを詰めて航空便で送ってもらうようなこともあった。しかし、「蛇の道はヘビ」で、そのうちにヤミで送金のできる窓口があることを教えられ、向うでお金を支払うと、香港でもらえるようになったので、送金の問題は一応解決した。

こうなると、一包一万円の郵便小包をつくって二万円で売る商売もバカにならない。はじめの間は資金が少なかったから、月に十個送るのがやっとだったが、十個が二十個になり、二十個が四十個になり、四十個が八十個になった。ただし、もともとが零細なベンチャー・ビジネスだから、月に百個が限界だった。その数量も隣り近所の人で片のつくような量を遥かに超えるようになったので、義兄がそれ専門の人を紹介してくれるようになり、私は私で大学時代の友人にまで頼んで郵便小包の受取人になってもらった。

月に小包を百個送って百万円利益があがるということは、いま坪当たり一億円もしている赤坂や新宿の土地がまだ千円で買えた時代だったから、毎月、東京の土地が千坪も買えるお金を稼いだことになる。明日のメシをどうしようと夜も寝ないで考えていた亡命青年が、一年あまりで新しいチャンスをつかみ、それから二年でそうした身分になったのだから、人間の運命なんてわからないものである。

政治運動の挫折と旧友王育徳君の来訪

しかし、そんな宝くじを引いて当たったような好運はそう長く続くものではない。儲かる商売はどんな商売だろうと、必ず競争相手が現われて、あッという間に消えてなくなってしまうものだからである。

しかし、そこまで辿りつくずっと前のところで、「アメリカは蔣介石を台湾に入れないだろう」という私たちの政治的な賭けはものの見事に破れてしまった。丘念台さんが私たちを訪ねてきたのは、まさにそういう駆け引きの只中のことであったが、蔣介石の代わりに国民党政府の代理総統になった李宗仁将軍が中共との和平交渉に失敗すると、蔣介石は再び対中共作戦の最高指揮者に返り咲き、その年の十二月四日には蔣介石自身が飛行機で台中に入り、国民党政府の台北遷都が宣言された。結局、アメリカは抗日戦争中、盟友だった蔣介石をドタン場になって見捨てることができなかったのである。「台湾で国民投票を行い、その将来を決めるべきである」という私たちの悲願はこれでおしまいになった。私にとってもそれは大きなショックであったが、運動の先頭に立っていた廖博士にとっては、おそらくもっと大きな打撃であったに違いない。本当は、ここで潔く別れの杯でも交わして、親分子分それぞれ身の振り方を考えた方が賢かったかもしれない。しかし、事の発端が蔣介石の台湾に派遣してきた陳儀の暴政に対する生命懸けの抵抗であったから、ここで解散というわけにはいかなかった。国民党政府が台湾に移ると、台湾の治安を維持するために取締りはいっそう強化され、ちょっとでも不穏の言動があると、共産党の帽子をかぶせられ、軍事法廷で死刑とか流島の刑に処される人がふえた。蔣介石の台湾入りが逆に反対運動を正当化することになったのである。

だから取締りの強化によって、台湾にいられなくなった気骨のある青年たちが次々と台湾から脱出する現象が見られるようになった。その中には私の台北高等学校時代のクラスメイトで、のちに明治大学で文学博士の称号をとり、同校の中国文学教授として一生を終えた王育徳君もまじっていた。

王育徳君は私と同じ台南市の出身で、いい意味でも悪い意味でも、私のライバルであった。私が日本人（当時の内地人）の行く南門《なんもん》小学校から台北高等学校の尋常科に入学したのに対して、彼は台湾人（当時の本島人）の通う末広《すえひろ》公学校から尋常科を受験し、不合格になってしまった。しかし、台南一中の四年修了で台北高等学校に入学できたので、再び私に追いつき、ここでクラスメイトになった。彼には王育霖という兄さんがいて、私より三級上にいた。兄弟二人とも秀才だったが、家庭の事情が複雑で、ともに第二夫人の子供であるために、家の中では肩身の狭い思いをしていた。そのことを兄さんのほうが小説に書いて校内雑誌に発表したので、日本の家庭では考えられないことだっただけに、先生たちの間でも評判になった。

兄さんのほうは台北高校を卒業すると、順調に東大法学部に進学し、卒業してしばらく日本の法院に勤務していたが、終戦後、台湾へ帰って新竹市の検察官になった。たまたま外省人の新竹市長がアメリカからの救援物資である粉ミルクを横流ししたことが露見したので、検察局の逮捕状を持って検挙に行ったところ、逆に警察官に包囲されて逮捕状を強奪された。帰って上司に報告すると、「逮捕状をとられるとは何事だ。責任をとれ」となじられ、怒って退職届を投げつけて職を辞した。

あの当時の日本教育を受けた者は、私も含めて、みな日本の帝国主義的教育の洗礼を受けた者と非難され、肩身の狭い思いをさせられた。育霖さんは司法界に再就職することはあきらめ、建国中学という高校の英語の教師となった。そこへ例の二・二八事件が起こり、大陸の援軍が到着して粛清がはじまると、ドサクサにまぎれて、新竹から警察大隊が育霖さんの家まで押しかけてきて本人を引き立てて行った。それっきり育霖さんは二度とこの世に姿を現わさなかった。「検察官」という私の小説は、この王育霖さんをモデルにしたものである。

一方、弟の育徳君は、せっかく台北高校で私に追いついたのに、東大経済学部の受験をするところでまた私に立ち遅れてしまった。翌年もう一度受験をしなおしたが、ここでも不合格になってしまい、あきらめて文学部の中国文学科に入学した。台湾人がわざわざ東大に行って中国文学の勉強をするのは何とも不思議なことであるが、台湾人にとってはそれがエリートに許された唯一の選択だった。学部が違っていたので、一緒になるチャンスはあまりなかったが、私が重慶のスパイという嫌疑を受けて憲兵隊につかまったことをきいて、驚きあわてて私からきた葉書や手紙を焼いたことがあった。「焼いているところを人に見られたら困ると思って、部屋の中に洗面器を入れて畳の上で焼いたら、このとおり畳が焦げてしまってねぇ」と下宿の焦げた畳の跡を見せてくれたことがある。

そういうところは、肝っ玉が小さいというか、正直というか、私を苦笑させるばかりであったが、大東亜戦争が激化すると、「いまに日本は戦争に負けるぞ。日本にいたらたいへんなことになる」と、日本が敗戦した時のことを読んで、せっかく文学部に入ったというのに、一年生の在学中にそのまま台湾に逃げて帰ってしまった。

戦後、私が故郷の台南市に帰った頃、彼は台南一中（当時、一中が二中に格下げになり、本島人の行く二中が一中に昇格していた）の教師になっており、私の三番目の弟の振南がその教え子になっていた。その育徳君がある日、何の前触れもなしに突然、台南市から飛行機に乗って香港にいる私を訪ねてきた。

「来る前に手紙しようと思ったんだが、万一、手紙が検閲にひっかかるとヤバイと思ってねぇ、君の弟に住所だけはきいてきたんだ」

と王君は弁解した。

「いったい、どうしたんだね。香港くんだりに高飛びしても、このあとどうやってメシを食っていけばいいか、わからなくなってしまうよ」

と私は本音を吐いた。

「それでもふんづかまって火焼島に流されるよりはましだよ。僕の周囲でもすぐ近くまで捜索の手が伸びてきて、いよいよ僕の番だというところまで来てしまった。だから女房からも、とにかくあなただけでも先に逃げてくださいといわれてとび出してきたんだ」

「で、これからどうするつもり？」

「日本に戻ってもう一度、大学に行くことにするよ。学歴が中途半端ということで台湾に帰ってからみじめな思いをしたから、大学はちゃんと卒業することにしたい」

「うん、僕もそれがいいと思うよ」

香港くんだりまで流れてきて、精神的にも経済的にもみじめな思いをしている自分の実感からいって、私は王君の選択に賛成だった。約一週間、私と同じ居候を廖家でやった上で、王君も、荘要伝さんの時と同じヤミ船の世話になって横浜に向かった。日本へ戻った王君はもぐりだったから、在留資格をとることができなかった。しかし、恩師倉《くら》石武四郎《いしたけしろう》教授の口ききで、もとの中国文学科に復学できたことを本人からの手紙で知った。

廖博士宅の食客を辞し、高級マンションに移る

王君が去ると、そのあとに今度は簡世強君がころがり込んできた。簡君は嘉義農林《かぎのうりん》の出身で農家の出だったが、面長で眉毛も濃く、しかも眼尻が釣り上がっていたので、動きの早い豹《ひょう》を連想させるような風貌だった。生まれも私と同い年で頭の回転の速さも抜群で、着想も奇抜なら実行力もあって、作戦本部長が適任といった感じの男だった。あの頃、反政府的な思想の持主は台湾からなんとかうまく逃げ出して香港まで辿りつくと、必ずのように廖文毅博士を訪ねてきたが、簡君もその一人であった。

そういう食客が跡を絶たないことは、廖博士の人気のバロメーターであったけれども、家族たちにとっては迷惑なことであった。居候の人数があんまりふえると、食事の時テーブルからはみ出してしまうことになるし、食事代の負担だってバカにできなかった。だから廖さんは、「来る者は拒まず、去る者は追わず」を原則として、居候に対してとり立てて親近感を示すことはなかった。決死隊員にでもなる覚悟でころがり込んできた若い人たちの中には、廖博士を冷たい人だと感じて、この家から出て行く人も少なくはなかった。

香港・廖文毅邸に居候していた頃の著者
簡世強（右）と

しかし、簡君は出て行こうとはしなかった。出て行こうにも、行く先がなかったこともあるが、何よりもお金を持っていなかった。その代わりこの家に居候を続けるためには、廖家の人たちからよく思われなければならないことを承知していたから、たちまち廖博士の秘書のような役割をこなすようになったし、またこの家に飼われていた五匹の犬を散歩に連れて歩く仕事も自ら引き受けた。本当は、犬の散歩係は私であってもおかしくなかったが、私は犬が嫌いで、犬にペロペロとなめられただけで身の毛がよだった。だから、廖博士が犬の散歩に出かける時も私は同行しなかった。その役割を簡君は買って出たばかりでなく、廖博士が犬の散歩のできない時は、その代役をすすんでやったから、だんだん廖博士に気に入られるようになった。

と同時に、簡さんは私にも近づいた。私が廖博士の片腕のような位置にいたせいもあるが、話し相手として手応えがあったせいもあろう。それに彼は私が小包屋をスタートさせて、やがて経済的に自活できるようになるだろうこともいち早く見てとっていた。だから、私が小包を送るに必要な商品の仕入れに行く時も、また荷造りをしたり、郵便局に持って行ったりする時も一緒に手伝ってくれた。

おかげで、私は台湾を去って一年あまりたった頃になると、どうやら自活できる道がひらけてきた。収入があるようになった以上、そういつまでも居候をきめ込むわけにはいかない。まず自分の食い扶持は自分で負担することにした。たとえ同じ家に住んでいても、居候と下宿人とでは、気分がまるで違う。私は少し元気になったが、廖博士のほうは私とは反対に、気分的にだんだん滅入っているようだった。すでに蔣介石の台湾入りは現実のものとなり、台湾に逃げ込んだ国民党政府を支持することによって中国共産党に対抗するアメリカの基本方針は不変なものとなってしまった。もはや「台湾人の台湾」を実現するチャンスはなくなったも同様だし、あとはゲリラを組織して実力で国民党政府を台湾から追い出すか、でなければ身の安全な海外にいて「犬の遠吠え」をやる以外に方法はなくなっていた。

もし私にカストロとかゲバラとかいった人ほどの勇気があったら、私は漁船にでも乗って台湾へもぐり込んで、武力に訴える道を選んだことであろう。しかし、正直のところ、国民党政府に不満を持った台湾の知識分子の大半は、自分の実力ではなくて、外の力をかりて独立をかちとりたいという虫のよい考え方をしており、私もその例外ではなかった。外へとび出して叛旗をひるがえすだけでも生命懸けだった時代だから、「自分らは勇気のあるほうだ」と自己弁護したが、本当は中途半端の勇気しか持ち合わせていなかった。おそらく廖博士も、口に出してこそ言わなかったが、心の中では自分のやってきたことの限界を感じはじめていたのではないかと思う。

もっとも、運動が完全に挫折したとは誰も思っていなかった。もし国民党政府の暴政から台湾の人たちを救うことが天の声であるとすれば、暴政からの解放は長い苦難の道に変わっただけのことで、それで終わってしまったわけではない。先に延びたけれども、長い時間をかけてやらなければならないことに変わりはない。ついにこれは一生背負って歩く重荷になってしまったなぁ、というのが私の実感であった。

それでも私はまだ若かったから、環境に適応する能力があった。この家の居候になったばかりの頃は、阿二《アーイー》という女中さんにもいじめられ、風呂に入った時に脱いだ下着を廖家の人々のそれとふり分けられ放置されたものだが、少々金まわりがよくなると、私はチップをやることにも要領を得るようになった。おかげで、ベッド・メーキングから、風呂の用意まで何でも快くやってもらえるようになっていた。

といっても、居候していた家で、主人面はできないし、またほかに居候が一杯いるところで、自分だけ勝手にふるまって人からよく思われるわけがない。幸いにも小包屋は順調に推移していたし、ふところ具合も信じられないくらいよくなってきた。いまでは高級マンションの一室を借りて住むくらいの余裕があるようになっていた。私がマンションが欲しいと言うと、阿二がすぐブローカーにわたりをつけ、間もなく諾士佛台《ノッシーファットイ》の廖家から徒歩で五、六分のところにある漆咸圍《ツァッハムウィ》（英語でチャタム・コート）というところに新築されたマンションの一階が見つかった。家賃は香港ドルの五百ドルで、敷金は家賃の二十倍の一万ドルだった。

香港へ流れてきて約二年、はじめはどうなるかとおそれおののいたが、どうやら高級住宅地にマンションを構える身分になった。それは「生命カラガラ逃げのびた」亡命者にとっては思いもよらなかったことだったが、無一文に近い状態からスタートしてどうしてこういうことになったかは、まったく想像の外と言ってよかった。私が引越しをきめると、簡君も私について行くと言い出した。彼はお金を持っていなかったから、私についで行くということは、廖さんの家の居候から私の家の居候に鞍替えするということにほかならなかった。しかし、簡君は他人の家で小さくなっているような居候ではなかった。私にとっても何でもやってくれる便利な居候であったから、生活費を代わりに払ってやることが負担になるとは全然思わなかった。

お金ができたので、私は自分がお金ができたらやりたいと思うことはひととおりやることにした。居候をしていた頃、夕食後散歩の度にギルマン・モーターズのショー・ルームを覗き込んで「こんな車が持てたらなぁ」と言っていたから、早速オースチン70という車を買った。まだ自動車の免許を持っていなかったので、阿劉《アラウ》という運転手をやとった。運転手の給料は香港ドルの二百ドルだった。

私はまだ二十六歳だった。二十六歳で高級マンションに住み、運転手つきの自家用車を持つことは、香港のような生き馬の目を抜く港町でもそうたくさんあることではなかった。内心いささか得意にならなかったと言ったら、嘘であろう。でも、手放しで得意になったわけではなかった。私は政治的亡命者だったし、パスポートも持っていなかった。だから、この町から外へ出て行くこともできなかった。青春の賭けに破れた亡命者が、金があるというだけではそんなに自慢にならないといううしろめたさもあった。

花嫁のいない結婚初夜

にわか頭家《タウケイ》となり、無限にひろがる夢

香港というところは、一言でいえば、お金の世界である。お金さえあれば、欲しい物は何でも手に入る。貧乏な時はガマンにガマンを重ねた私だったが、お金があるようになると、お金で買えるものは何でもひととおり買ってみた。

ずっとのちになって、車はロールス・ロイス、腕時計はパテック・フィリップか、ピアジェといった贅沢にもなれてしまったが、その時はオースチンの自家用車を持てただけでも有頂天になった。また腕時計はシチズンからシーマに代わっただけで、何階級も特進をした気分になっていた。洋服についても香港で一番と言われていたマッキントッシュというイギリス人の経営するテーラーで仕立ててもらった。靴は龍子行《リョンツウホーン》に行って、アメリカ製のフローシャイムを買った。まだテストーニとか、タニノ・クリスチーとい

ったイタリア製が輸入されておらず、靴といえば、あのカカトの重いフローシャイムが幅をきかせていた時代であった。そんなダンディな服装をする人は、香港にもそうたくさんはいなかった。それは私が人一倍おしゃれだったからではなくて、思いもかけず不自由をさせられ、欲求不満の塊りみたいになっていたからであった。

私はまた誘われるままに、ダンスホールにもかよった。若くして金回りがよかったので、みなからちやほやされ、台湾から留学に来ていた学生たちから、頭家《タウケイ》（旦那）と呼ばれるようになっていた。頭家と呼ばれたからには、みなを連れて遊びに行った時は、会計係もつとめなければならない。ある晩、すぐ近所に新しく開業した古巴《キユウバ》というダンスホールに出かけた。一緒に行った連中は、一人一人にダンサーがついてジルバやタンゴを踊った。みな若くてハンサムで、踊ることには積極的だった。私も誘われればホールに下りたが、誘われない時は椅子に坐って所在なげにみなの踊るのを眺めていた。

きっと私はつまらなそうな顔をしていたのだろう。というより本当につまらなかったのだと思う。せっかくお金を払って楽しみに来たのだから、こんな時くらいわいわいがやがややっておればよさそうなものだが、私にはそれができなかった。やっぱりこの中で一番もてないのは自分だなあ、と思いながら、私は時間がすぎていくのを待っていた。やがてラストがきて「ではお勘定を」と私が内ポケットに手を突っ込むと、いままで相手にもなってくれなかったダンサーたちがいっせいに私のそばへ寄ってきた。誰がお金を払う人かわかった途端に、いままでもてなかった私が一番もてる人に早変わりしていたのである。

「百年の恋も醒めちゃうなあ、あんなところを見せつけられちゃ」と外に出た若者たちは口々に言った。しかし、一番興ざめなのは、ずっとみなが楽しんでいるのを見ていた私のほうだった。私がいくらもてたといっても、私がもてたわけではない。お金がもてただけのことである。

私はお金を使うことにそんなに夢中になれなかった。二十代に稼いだお金は身につかないときかされていただけに、なんとかお金の残る方法はないものかと考え、自分の収入の十分の一以下で生活をすることにした。実際、そのとおり実行したので、たちまち金回りがよくなった。まだ二十六歳になったばかりで、人生の経験も浅かったから、もしかして自分は大金持への道を歩んでいるのではないかとひそかに胸を躍らせた。いまの自分は月に百万円くらいの収入はある。学校時代の友人たちは、一流銀行とか大蔵省に勤めているが、サラリーはせいぜい二千円か三千円だ。この調子でお金ができたら、一年に一千万円くらいはお金が貯まる。もう少しスケールを大きくして事業を拡大していったら、億のお金になるのも、そんなに先のことでないかもしれない。

まだ三十歳前の身空で億のお金がもてるようになったら、将来指折り数えられる大富豪の仲間入りをするかもしれない。台湾を別の国にするという賭けには失敗してしまったけれども、こうなったら長期戦でいくよりほかない。ゲバラになることにはならなかったけれど、ゲバラのスポンサーになることならできないことはない。と想像を逞《たくま》しくして、夢は無限にひろがったが、そんなことが長く続くわけはなかった。それを悟るのにそんなに時間はかからなかった。もっとも、それはもう少したってからあとのことである。

さきにも述べたように、ふところ淋しい状態で香港に紛れ込んだ私は、居候していた家の工人《コンヤン》(女中さんのこと)にまで存在を無視された。しかし、少々お金ができたのと、どうすればよいかという要領を覚えたのとで、私はみなからちやほやされるようになった。なかでも廖家の工人の阿二姐《アーイーチェ》(姐はねえさんの意味)は打って変わって私に親切になり、私のために使い走りをいとわないようになった。多分、彼女が手をまわしてたのんだのであろう。こちらが何も言わないのに、すぐ近所に住んでいた趙太太《チュウタイタイ》という奥さんが私のマンションに訪ねてきて、お嫁さんを世話しましょう、と言ってくれた。趙太太というのは台湾生まれの女性で、旦那は洋服地をイギリスから輸入する広東人で、貿易商をやっていた。台湾から来ている若い人たちの世話を何かとやいてくれるので、私も廖兄弟たちもその家に遊びに行ったことがあった。でもまさか嫁さんの世話をしましょうと言われるとは思っていなかったので、返事に困って、「僕のような風来坊はまたどこに行ってしまうかわかりませんから……」とその場で断わった。

するとそばで話をきいていた箇世強君が「ちょっと、ちょっと」と私を手招きして脇に呼んで、「そんなバカな断わり方をする奴がいるか」と小声で言った。

「そう言ったって、明日にもどこへ行ってしまうかわからない生活をしているんだよ。嫁さんや子供がいるようになったら、足手まといになって困るじゃないか」

「そういう時は置いて行けばいいじゃないか」

と箇君はズバリと言った。

私は思わず箇君の顔を見据えた。いわゆる「日本帝国主義的教育」を受けてきた真面目な私には、そういう発想がまるでなかった。でも、言われてみれば、そういう発想があってもおかしくはない。箇君に何回も口説かれて、とうとう見合いに行ってみる気を起こした。

その時の見合いの相手は幼稚園の先生をやっていた女の子で年はまだ若かったが、黒いロイド眼鏡をかけ、一見、××女史風の娘さんだった。幼稚園の先生は、子供にやさしくて、辛抱強くて、気配りも行き届いていていいと思うが、あいにくと私は女の子のロイド眼鏡にはとんと感じない。まさか面と向かってそんなぶしつけなことは言えないし、広東語の語学力も不足していたので、二言三言喋っているうちにたちまち話題に詰まってしまった。「じゃ、そのうちに映画でも見に行きましょう」といって別れ、それっきりになってしまった。

二度目のお見合い、物議をかもした贈物

やっぱり年頃だったのであろう。しばらくすると、阿二姐がまた別の話を持ってきてくれた。今度は、もと居候をしていた廖文毅邸のすぐお隣りの潘《はん》家の三姑娘《サムクウリョン》（三番目のお嬢さん）だと言う。隣家に娘が何人もいることは私も知っていたが、いつも家の前にサンビーム・タルバットの素敵な車が停まっていたことと、娘たちが出てくる時は一分隊くらいゾロゾロ歩いているので、誰が誰だかさっぱり見当がつかなかった。簡君にその話をすると、

「あの家の娘なら悪くはないぞ。何番目の娘だい？」

とききかえされた。

「三姑娘というから、三番目の娘だろう」

「三番目よりは四番目のほうが美人だよ。でも三番目も悪いことはない。顔にニキビが

あるけれど」

犬を連れて散歩していても、観察するものはちゃんと観察しているものだなと感心してしまった。

「でもいつまでも香港に住んでいるつもりはないからなあ」

とまたしても私が渋ると、

「見るだけなら只だよ。気に入ったら一緒になればいいし、気に入らなければ、それまでのことじゃないか」

こちらはこちらで勝手なことを言っていたが、向うでもお隣りに住んでいた青年ってどんな人だろう、と話題になった。

「いつも犬を連れて歩いている人がいたけれど、あの人なら要らないわ」

と三姑娘は言った。

「いいえ、犬を連れて歩いていた人じゃなくて、部屋の中で毛糸を編んでいた人ですよ」

と三姑娘の叔母が脇から口を出した。

その人なら会ったことがないから、会ってみようかということになった。

「気軽な気持で来てください」と言われたけれども、目的が目的だけに自分一人で押しかけて行くだけの勇気がなかった。阿二姐がまた一走りして、結局、この前、幼稚園の先生を紹介してくれた趙太太が同行してくれることになった。

廖博士の隣家の前は廖家に居候をしていた頃、毎日のように通ったが、中に入ったことはなかった。門に鉄柵があっていつも閉めきっている。鉄柵の中には図体の大きな犬がいて、人の気配がすると猛烈に吠えた。私は犬嫌いで、金持の邸の犬には特に憎しみを感じていた。しかし、考えてみると、この家で私が知っているのはこの番犬だけだった。

ベルを押すと、すぐに女中さんが出て来て、鉄柵のカギをあけて私たちを二階の応接間へ案内してくれた。二十坪もあるかと思われる広い応接間で、部屋の隅のほうに東照宮の風景を刺繍した屛風が置いてあった。

「へーえ。この家の人は日本と何か関係でもあるのかな」と私が立ったまま眺めていると、スリッパの音がして、やがて六十歳くらいのばあさんが入ってきた。それがのちに家内になった苑蘭《えんらん》の母親だった。

娘に会いに来たのに、母親が出てくることはよくあることだが、娘を見る前にその母親のほうを先に見ることはそう悪いことではない。どんな別嬪《べっぴん》さんのお嬢さんでも、あと何十年かたったら、こんな姿かっこになるにきまっている。それが自分にガマンできるかどうかを自問してから見合いに臨めば将来の安全度は高いわけだ。彼女のお母さんは、私に二言三言話しかけた上で、趙太太に自分の娘の話をはじめた。

きくともなくきいていると、どうやらニキビのことらしい。肌をきれいにしたい一心で、親戚にすすめられて、イギリスか、フランスの化粧品を使ったところ、突然、ニキビが吹き出してしまった。これはたいへんと思って、医者にも注射をしてもらっているが、いまだになおらないでいると言う。

そんな話をしている最中に、娘のほうが入ってきた。顔を見ると、なるほどニキビが吹き出しているけれども、高校生によく見られるような、あんな花盛りのニキビではない。それでも母親がしきりに気に病むので、「ニキビなんて結婚したら、しぜんになおるものですよ」と私は口に出して言った。

まさかホルモンの講釈をするわけにはいかなかったが、それをしたくとも、当時の私の広東語ではうまく表現できなかった。ただ、私が気にしていない旨を述べると、娘のほうよりお母さんのほうが喜んでいた。

二、三日して、ピクニックに出かける彼女の一家の人たちと一緒に行かないか、と誘われた。私はのこのこと出かけて行った。彼女は私の車に乗ったが、車は全部で四台になった。はじめて彼女の父親や兄や兄嫁や姉や姉婿や妹に紹介された。私も兄弟の多いほうだが、向うも私に負けない大家族である。四台の車がすぐ一杯になった。

家族連れ立ってピクニックに行ったりすることは私の家でもよくやった。五月の端午《たんご》の節句には家族中で運河まで扒龍船《ペーリョンツン》を見に出かけたし、仲秋になると、月見のために台南公園で月のよく見える場所に陣取って、月見の宴をひらいたりした。しかし、行った先で、父親が薪を集めてきてみなの食べるご飯を炊き、ポータブルの蓄音器を鳴らしながら、子供たちにダンスをさせる光景ははじめての経験であった。よく「華僑は中国革命の母」と言われるが、大陸から外へ出たことのある中国人は思想的には中国人であっても、ライフ・スタイルは西洋流に馴染んでいる。彼女の父親も若い頃、フィリッピンに行ったことがあるとかで、家族の雰囲気があけっぴろげで、台湾育ちの私には、目のさめるような新鮮さがあった。

また二、三日して、今度は私が彼女を食事に誘った。香港島側にあるパリジャン・グリルというフランス料理屋に行った。帰りに、私はポケットから真珠の首飾りを出して、「僕のプレゼントです」と言って彼女に渡した。家に帰って家族にそれを見せると、家中でちょっとした騒ぎになった。まだ知り合いになって間もない男が、香水かストッキングのようなつもりで、そんな高価なものをくれるのは不自然だ。もしかしたら、何か企《たくら》みがあるかもしれない。「返したほうがいいぞ」と二番目の兄さんが言ったと、彼女の口からきかされた。

しかし、物議をかもしたのは彼女の家のほうばかりではなかった。私は十三歳の時から家を離れて、自分のことは何でも自分でやってきたので、何でも自分の思うようにすることになれてきた。単純で、世間知らずで、人に騙《だま》されやすい、と周囲には見えたらしい。その頃、私がよく遊びに行った台湾人で香港大学出身の蔡愛礼先生という開業医がいた。

私から事の経過をきくと、

「香港の人はちょっとやそっとのことで知らない人には気を許さない。それが娘を金回りのよさそうな外江佬《ゴイコンロウ》（他所者《よそもの》）に嫁にやろうというのは、もしかしたら、娘に何か嫁にやれない理由があって、それを知らない外江佬に押しつけようとしているのかもしれない」

と私に警戒するよう促した。

「嫁にやれないような理由って、たとえばどんなことですか？」

と私はききかえした。

「いまつきあっているお嬢さんがそうだといっているわけじゃありませんよ」

と蔡医師は念を押してからこう言った。

「たとえば、結婚に失敗して出戻ったとか、何か争いに捲《ま》き込まれて、トラブルを起こしたために、自分たちの周囲では縁遠くなっているとか……」

「そういうことなら、心配要りませんよ。自分でどんな人か判断できるつもりだし、それに自分自身がそうまともな人間でもないんですから」

と私は弁解した。

「まあ、それならいいんですが、香港というところは、どんなトリックもあり得るところですから」

と蔡先生は私の単純さが如何《いか》にも気になるようだった。

「いまの邱さんは若くて立派なマンションに住み、自動車を乗りまわしている。金離れも悪くない。こいつはいい鴨だと思っているかもしれませんよ」

胸突き八丁の伝統的な広東式婚儀

話をきいているうちに、香港の人たちはずいぶん取越し苦労をするものだなあと改めて驚いた。しかし、そうしたアドバイスにもめげず、私は知り合いになってから三週間あまりのエイプリル・フールの日には婚約をした。また五月十日には結婚式をあげるという性急なスケジュールを組んだ。これは私の性格からくるものだろうが、私は「思ったが吉日」の信奉者で、何事もただちに実行しないと気がすまないほうである。この時も電光石火のやり方をした。のちに日本で小説家になった私のところへ、まだ小金馬《こきんば》を名乗っていた金馬師匠がマイクを片手に、私の家にインタビューに来たことがあった。小金馬さんの質問の仕方からいち早く雲行きを察したうちの家内は、小声で私に、「速《ツオッ》成《セン》は日本語で何と言うの？」ときいた。まだインスタントという言葉がなかった頃だったので、私は「ソクセイというんだ」と教えた。

やがて小金馬さんが、「すると、奥さん、センセイとはやっぱり恋愛結婚ということになりますね」とマイクを家内の前にさし出した。家内はすかさず、「いいえ、ソクセイ結婚です」と答えて大笑いになったことがある。

他所の土地へ行って、風俗習慣のまったく違う土地の人と結婚をするのは勇気の要ることである。その煩《わずら》わしさを物ともせず、私がそれに踏み切ったのは、私が若かったせいもあったし、一寸先が見極められない亡命者であったせいもあった。考えてみれば、家内のようにあれだけ香港に親戚知人も多く、人間関係のアミを広く持った家の娘が、よく素性の知れない私のプロポーズに応じてくれたものだと感心する。

しかし、それから結婚に辿りつくまでが胸突き八丁であった。比較的自由な家風と思っていたが、そこは伝統的な広東人の家柄だから、いざとなると、古いしきたりがやたらに顔を出してきた。婚約式から結婚式、そのあとの里帰りに至るまで広東式の七面倒臭い段取りを一つ一つ要求してくる。たとえば、婚約一つするのにも、過文定《コオマンテン》とか、過《コオ》大礼《タイライ》といったプロセスがある。商取引にたとえれば、過文定は仮契約の調印式、過大礼は本契約、そして、結婚式が契約の実施日とでも言ったらよいだろうか。

過文定の時日がきまると、その日に男の家から女の家に届けるべき物のリストが送られる。いまそのリストは手元にないが、たとえば海産物は干鮑魚《ほしあわび》四斤、貝柱四斤、干蝦《ほしえび》四斤、スルメ四斤、またお茶は四斤、鶏は何羽、豚肉は何十斤という具合である。結納金は形式的なもので、いまの時代はもらわないでもよいのだが、一応、千ドルということにしてくれ、その代わり自分のほうは何らかの形でその分はお返しする。菓子箱は親戚中に配るので、百箱いただきたい。ただし、以上の物はすべていただくわけではなく、一部はお返しする。何をどれだけ返してもらいたいかについては、あらかじめお知らせいただきたい、と人を通じて言ってくる。

婚約と言えば、指輪の一つも買ってあげること、結婚式と言えば、お客を招《よ》んでご馳走することくらいに考えていた私は、その煩わしさにびっくりしてぎゃふんとなってしまった。しかし、もうすでに乗りかかってしまった船だから、途中で下りてしまうこともできない。仕方がないから、間に立って使い走りをしてくれた阿二姐にお金を渡し、必要な物を買い揃えて、当日になると婚家に届けてもらった。こういう時は私のほうからも紅包《ホンパオ》（寸志）が出るし、向うでも紅包が出るから、使いに行く人は大喜びである。しかし、使いの者が帰ってきたのを見ると、半分くらいは持って行った物が返されてきた。どうせ返されてくるのなら、私のような男の一人世帯ではあとの処置に困るのだから、必要なだけ要求してくれればよさそうなものである。それがそうならないのは、結婚式にショー的な要素があって、形式主義が大手を振って歩き出すからに違いない。

結婚式の前日になると、今度は女の家から嫁入道具を運び込んでくる儀式があった。私は結婚のために、同居していた簡君には引越してもらい、二人だけの新世帯を構えるつもりになっていた。マンションには部屋が五つあって、移ってから間もないから、家財道具はまだ新しいものがひととおり揃っている。そういうところへ自分の趣味に合わない家具などもらっても仕方がないので、もし嫁入道具をくれるなら、ベッドでも新調してくださいと言った。そうしたら家内の家中の人たちから笑いものにされてしまった。広東人の習慣では、ほかのものは何でも持参するが、ベッドだけは持って行かないものなんだそうである。

一事が万事この調子だったから、風俗習慣の違いから生ずるトラブルが次から次へと表面化してきた。女家で、あれをくれ、これをくれ、と要求するのも、過文定や過大礼の日に何が持ち込まれるか、わざわざ見に来る人がいるからであるが、逆に女家から男家に嫁入道具が持ち込まれる日も、男家の親戚や知友が何が持ち込まれるか見に来ることになっている。しかし、私のところは、両親をはじめ親戚は台湾にいて出て来られないし、私の結婚式のために姉が一人で東京からとんで来てくれただけで、あとは私を家内の実家に連れて行ってくれた趙太太が同席しているだけであった。

そういうところへ嫁入道具が運び込まれてきた。趙太太は女家から届けられた装飾品の小箱をあけた。その中には私がプレゼントした三カラットのダイヤの指輪や真珠の首飾りや新しく買って贈った対になった純金の腕輪も入っていたが、趙太太はそれを脇へどけて、「見てください。なんて少ないんでしょう。知らないと思ってバカにしていますわね」と減らず口を叩きはじめた。

彼女に言わせると、女家は少なくとも男家から贈られた物に相当するだけの嫁入道具を持参するのがしきたりになっている、そうしないのは相手をなめてかかっている証拠だ、と言うのである。そばできいていた私の姉は、土地の風習はまったく知らないけれども、言われてみれば、そうかもしれないと思うようになった。もちろん、装飾品の小箱の中には、彼女の家から来たダイヤの指輪や、ダイヤの腕輪や真珠の首飾りもまじっている。ただ私が彼女に贈った物に比べると、かなり見劣りがするというだけのことである。

しかし、それは私が少し気前よすぎたということで、彼女の家がケチすぎるということではなかった。ただ口さがない女たちにかかると、それが無神経なことだったり、こちらをバカにしたことに映ってしまうのである。たとえば、私が新しく買ったベッドがツインになっているのに、なぜシーツやフトンやマクラは一つしかないのか、とつまらないことにまで文句が出てくる。

「黙っていると、なめられてしまいますから、使いの者の目の前でそれを言ったほうがいいですよ、そうしたら向うの耳にも入りますから」と趙太太は言った。

私は結婚がこんなにも物質的なものかと驚きをかくせなかった。しかし、私の姉は弟がバカにされるくらいなら、どうせ自分はこの土地にいないのだから、憎まれ役を買って出てもよいと言って、使いの者の前で不満を述べた。

話はたちまち女家に伝わり、潘家の兄弟たちはいきりたった。もし婚約を発表していなかったら、この結婚は解消してもいいと家中で怒鳴っているときかされた。こんな時は、本人同士の意志は無視されて、家族ぐるみの集団エネルギーが勝手に爆発する。そんな息苦しい空気の中で結婚式の日を迎えたのだから、私が元気なわけはなかった。

強引に連れ去られた花嫁

私の車にはおめでたのしるしに朱の帯がかけられていた。運転手は、この日のためにわざわざどこかからタキシードを借りてきて身をかため、私を花嫁の家まで運んでくれた。キリスト教徒ではなかったので、結婚式といっても神の前で誓うわけではなく、香港サイドにある註冊署に行って、お役人の前で二人がサインをし、双方の証人がまたサインをするだけである。そのあと広州大酒家の三階を借り切って披露宴をやることになっていた。しかし、私はずっとふさぎ込んだまま、ろくに口もきかなかった。どうせ私には必要でもないことのために喧嘩のタネを蒔かなければよかったと後悔していた。金銭はあらゆる幸福をもたらしてくれると言うけれども、それをめぐって争いになったり、不仲になったりすることもあることが身にしみた。

不仲になるといえば、私一人だけが急に金持になったことについて一番面白く思わなかったのは、かつて私が居候をしていた廖博士の家に居候をしていた人々であった。どこの社会でも一人だけが突出すれば波風の立つもとになる。私もそういうところには神経を使って、みなをご馳走したり、ダンスホールに誘ったりしたのだが、そんなことくらいでみんなの心の中にくすぶる嫉妬心をやわらげることはできなかった。

私が結婚することがきまると、当然のことながら、廖博士の一家をはじめ、昔馴染みにはひととおり招待状を出した。ところが、ひょっとしたら、私の家から出て行った箇君が首謀者だったのではないかと思うが、箇君が代表してわざわざクリネックスを段ボール一箱、新婚祝いとして私のところへ届けてきたのはいいが、当日になると、あらかじめしめしあわせて誰一人結婚式には出席してくれなかった。私に対する不快感をそういう形で表示しようとしたのであろう。廖博士も、奥さんと子供が代理で出席したが、ご本人は姿を見せなかった。

しかし、それでも披露宴のテーブルは二十卓が一杯になった。一卓十二人として、二百四十人のお客が来てくれたことになる。私のほうのお客はせいぜい二卓で、あとはすべて家内の家の関係者ばかりであった。あらかじめ宴会費用はどう負担するかについて相談があって、「ふつうはどうするんですか？」と私がきいたら、「半々で負担することが多い」と言われたので、「じゃ、それでいいでしょう」と私は賛成した。ところが、宴会の当日に、二卓分しかお客のない私が十卓分負担したことを知ると、趙太太がまた「これも人を食っている」と言い出した。しかし、約束は約束だから、私は宴会が終わると、両家を代表して請求されたとおり小切手を切り、別に香港ドルで三百ドルのチップを払った。請求金額の一割くらい払えばいいだろうと思って払ったのだが、あとでそんな気前のよいチップの払い方をする人は香港にはいないと言われてしまった。請求書の中にすでにサービス料は含まれており、チップはその上よけいにくれるお金だから、百ドルも払えばよかったのだそうである。

ついでに申せば、香港の中華料理屋は〝酒家〟という名前がついているけれども、料理を売っているところで、酒を売っているところではないから、酒の持ち込みは自由である。申し訳に氷代といった名目でお金を取るところもあるが、フリー・オブ・チャージというところも多い。この時も、ジョニー・ウォーカを二ダースと、ヘネシーのブランデーを二ダース持ち込んだが、半分くらい蓋も開けずに返ってきた。どうせお客の物だし、無理にすすめても売上げがふえるわけではないので、要らないと言われれば無理強いはしないものと

結婚式当日の記念写真

みえる。それをみても、香港の人がそんな大酒飲みでないことがわかる。

香港の結婚式でもう一つ煩わしいのは、宴会の前に麻雀の席が用意されているために、定刻がきてもなかなか宴会がはじまらないことであろう。また喜びのしるしとして、宴会の途中で耳を塞《ふさ》ぎたくなるほど喧《やかま》しい音で爆竹を鳴らすことであろう。それがまた三十分も四十分も続き、終わって請求された金額が当時の日本円になおして金三万円だった。三万円を銅貨か餅にしてビルの上から投げたほうがどれだけ通行人から喜ばれたことだろう。しかし、これらはすべて土地の風習からくるものであり、そこまでは私も覚悟していたから、ガマンができた。

ところが、披露宴の席上に大衿《タイカム》というやり手婆さんのようなバアさんがのさばっていた。大衿というのは、結婚式の時に挨拶一つできない花嫁の代わりに食卓から食卓についてまわって、「さあ、皆さん、どうぞお酒をしっかりほしてください」と言ってまわる係のことである。また結婚式が終わると、花婿の家までついてきて、お茶を入れたり、花嫁の足まで洗ってくれる。花嫁がまだ何もできない年頃ならいざ知らず、そんなバアさんは不必要だと私は言ったが、家内のおふくろさんは自分の嫁入りの時もそうしたのだから、娘の時にもそうすると言ってきかず、わざわざ高いお金を出して大衿をやとってきて、私たちについてまわらせた。

そのバアさんが見るからに強欲そうで、お茶を一杯持ってきてもチップを払うまで引き下がろうとしない。そんなバアさんに家までついて来られて、ベッドにお茶を持ってくるたびにチップを要求されるのではたまらないから、宴会が終わって花嫁と私の車に乗り込む間際になってから、

「この人は帰ってもらいたい」

と私は言った。

「せっかく高いお金を奮発してやとったんですよ」

と家内のおふくろさんは言う。

「そんなことをおっしゃっても、私が要らないと言っているんですから」

と私が拒否すると、

「私のメンツを立ててくれないのですか?」

とおふくろさんは皆の前で泣き出してしまった。私がなおも頑なに拒否し続けると、

「親を泣かせることはないだろう」

と家内の兄弟たちが私をとりかこんだ。

「衆をたのんで私をおどすつもりですか。いやなものはいやなんだから」

と私も負けずに怒鳴りかえし、花嫁を車の中に押し込むと、その隣りに乗り込み、運

転手の隣りの席には私の姉に乗り込んでもらって、さっさと我が家に向かった。

家内は家内で泣きの涙をハンカチで押さえているし、姉は姉で、

「私は東京に帰るから恨まれてもかまわないけれど、あとに残ったあなたのことが心配だわ」

としきりに首を横に振っている。

車は渡し船で海を渡り、私のマンションに向かった。マンションの前で車を下りると、あとを追ってきた車の中から、家内の兄や姉が五、六人とび出してきて家内の腕をつかまえ、

「帰ろう、帰ろう」

「もしこの家に入るのなら、二度と家へ戻ってくるな」

「もう妹とも思わないぞ、それでいいか」

と口々に叫びながら、強引に花嫁を私から引き離し、自分らの車の中に押し込んでしまった。

私は戸口に立ってしばらく待っていたが、やがてエンジンの音がして車が走り去ったので、そのまま扉をあけて中に入った。それが異国で迎えた私の結婚の初夜であった。

私のすぐ下の妹は親の反対を押し切って外省人と結婚をした。家をとび出して自分ら

で別に仲人を立てて親の出席しない結婚式をやった。仕様のない奴だと思ったが、ある意味では、頼もしい限りの女と言ってよいかもしれない。それに比べると、なんと信ずることの薄い女だろうか。それを思うと未練はなかった。しかし、彼女の受けた精神的な打撃も決して小さくはなかったはずだ。それを思うと、目は冴えるばかりで、とうとうまんじりともしないまま朝を迎えてしまった。

小説家を志して再び日本へ

大団円、戻ってきた花嫁

結婚式の終わったあと、花嫁を強引に連れ去られた私は、とうとう夜が明けるまで一睡もしなかった。こんなことになるとは思ってもいなかった。

直接のきっかけは大衿《タイカム》という花嫁のそばについて花嫁の代弁をするバアさんを私が断わったことだった。断わったといっても、結婚式に立ち会うのを断わったわけではない。披露宴の間中、お客に花嫁の代わりにお茶を注ぎ、お世辞をたらたら言いながら、チップをせしめるのを私はジッとこらえていた。

お客のたくさんいるところでは、潘家の顔も立てなければならないと思ったから、大衿のやるままに任せた。しかし、そんなバアさんに家までついて来られて、朝から晩まで つきまとわれたのではかなわないから、宴会場から出るにあたって丁寧に断わった。

それなのに花嫁のお母さんが、「自分の顔を立てない」と言ってわめき出すし、花嫁の兄弟姉妹まで私に悪態をつくし、とうとう私の家の玄関口に立ち塞がって花嫁を連れて帰ってしまったのである。

何もそんなことまでしなくてもよさそうなものだが、習慣の違った環境に育った者が喧嘩になると、感情的になって前後の見境もつかなくなるのであろう。とうとう私は夜が明けるまでまんじりともしなかったが、朝になると事情をきき知った阿二姐《アーイーチェ》が顔色を変えてとびこんできた。

「いったいどうしてこんなことになってしまったのですか？」

ときくから、私がこれまでの経過を述べると、

「三姑娘《サムクウリョン》（三番目のお嬢さん）がそんなことをやるとは思えません。あの家では三姑娘が一番気立てのやさしいお方ですから」

「それはそうかもしれないけれど、あの兄弟の粗野なのにはあきれてしまった。一番上の姉さんが気性が激しくて、二番目の兄さんが怒りっぽいのは僕にもわかっているが、よそから嫁に来た長兄の嫂《ねえ》さんまで、三姑娘、このまま帰らないと、もう家には入れないよ、と叫んだのにはあいた口がふさがらん」

「それよりもお父さんのほうが悪いと思いますよ」

と私の姉が脇から口を出した。

「若い者が興奮して喧嘩になったとしても、一家の長であるお父さんが黙って見ているという手はないでしょう？」

「さっき私が行きましたら、老爺《ラウエー》（家長の尊称）も自分が悪かったと言っていましたよ。こんなことになったんじゃ世間体も悪いし、娘の将来にだって響きます。ですから、気がすまないかもしれませんが、そこのところをなんとか折り合っていただけませんか？」

「折り合えと言っても、僕は別にどうとも思っていないよ。僕のほうで追い出したわけではなくて、自分で勝手に出て行ったのだから、思いなおして自分で帰ってくれば、僕のほうとしては別に拒みはしない」

「リクツはおっしゃるとおりでしょうけど、向うにもメンツはあるでしょうから」

「向うにだけメンツがあって、僕にはメンツはないとでも言うのか」

と私はこわい表情になった。

「自分で歩いて出て行く足があるのなら、歩いて帰る足もあるだろう、どんなことがあっても僕が向うの家まで迎えには行かないと、言ってちょうだい。一度はちゃんと迎えに行ったんだから……」

花嫁の兄弟たちのことはともかくとして、この後始末は花嫁の父親と私の間でつけるよりほかないと私は思っていた。私のほうが年は若いのだから、私のほうがあるていど譲ることは別にさしつかえない。しかし、私だけの責任にされたり、私が花嫁への情に負けて一方的に迎えに行ったのでは、与《くみ》しやすい人間と思われてしまう。与しやすしと思われることで都合のいいこともあるかもしれないが、相手の一家から軽くあしらわれることには強い抵抗がある。

私がどうしても自分の主張を曲げないので、困りはてた阿二姐は、私を潘家に連れて行ってくれた趙太太のところへ相談に行った。趙太太もすぐにとんで来てくれたが、雑音がもう一つふえただけのことで埒《らち》のあかないことに変わりはない。とうとう昼近くなって、かねて焼豚を注文してあった焼臘舗《シューラプボー》から、「子豚の丸焼きができあがりました」と言ってきた。

「どうしましょう」とうちの女中さんも運転手もおろおろしている。

「心配することはないよ。向うの家へ届けなくとも、お金さえ払えばすむことだから」

口ではそう言ったものの、昨夜、結婚式に来てくれた女家の親戚知友のところへ子豚の丸焼きが届かなければ、昨夜の一部始終がパッとひろがってしまう。というのも、広東人の風習では、結婚式の初夜に花嫁が処女であった証拠が確認されると、翌朝、男家から女家に豚の丸焼きが贈られることになっており、もし焼豚が届かなかったりすると、どうしたどうしたとあらぬ噂まで立てられるにきまっているからである。

処女であることが確認されれば、焼豚が贈られる習慣があると私は言ったが、では処女でなかったら焼豚が贈られないかというと、そうはいかない。再婚の女性であれば焼豚を贈るか贈らないかの問題ははじめから起こらないが、万一、初婚でありながら焼豚が贈られないと、女家のメンツの問題になる。だから処女云々ということとは関係なしに、結婚の翌日は焼豚が贈られるのが常識になっており、それが贈られないと、何かあったに違いないと好奇心の対象にされてしまうのである。

その焼豚が四頭分焼き上がって私の家に届けられてきた。せっかく焼き上がったのに、持って行く先がなければたいへんなことになる。趙太太をはじめ、家に来ている人たちは盛んに気をもんだ。東京から結婚式のために来てくれた私の姉も、

「私としては不満があるけれども、これはあなた自身のことです。あなたがいいと思ったとおりにおやりなさい。迎えに行ってあげたほうがいいと思ったら、迎えに行ったらどうですか?」

それでも私は

「いや、出て行く足があるのだから、自分で帰ってくればいい」

と頑張ったが、そう言ったからといって、家内の立場をまったく考えないわけでもなかった。私たちが結婚したことは、地元香港の新聞にも報ぜられている。それが不首尾に終われば、世間的には「悪い男にひっかかった」ですむ話かもしれないが、そういう男にひっかかったという汚点が最後まで残ることに変わりはない。そうなったら、香港の人は娘をアメリカとか、オーストラリアとか、遠いところに嫁がせる。人の噂にものぼらないところにやれば、秘密を守りとおすことができるからである。

しかし、現実はまだそんな泥沼の状態にまでおちこんでいるとは思えなかった。兄弟たちが私と喧嘩になって、その腕につかまれて実家に連れ戻されただけのことであって、家内が私に愛想をつかしたわけではない。二十何年も一緒に暮らしてきた兄弟たちと、たった二ヵ月前に知りあったばかりの、未知数だらけの他所者の間に挟まれたら、兄弟たちに引っ張られて帰ったとしても別に不思議なことではない。

埒のあかないままに、みんなでがやがや言っていると、阿二姐が突然、何も言わずに私の家から出て行った。しばらくして戻ってくるなり、

「三姑娘を連れてきました」

と私に言った。

「どこに？」

「途中までです。あすこの曲り角まで来ています」

「どうして途中までしか来ない？」

「そうおっしゃらずに、行ってあげて下さい。旦那様と二人だけで話をしたいとおっしゃっています」

私はすぐに椅子から立ち上がった。そうだ、二人の間のことだから二人で話せばすぐにも片のつくことである。二人の間によけいな雑音が入っているから、ややこしくなっているだけのことではないか。

私は一人で家をとび出した。路地を抜けて金巴利道《キンバリー・ロード》の広い通りに出ると、メルボルン・ホテルのそばに彼女が一人ぼっちで立っているのが見えた。思わず私は大股になった。

あの時ホテルの前の歩道でどんな話をしたかはまったく覚えていない。本当のところ、二人だけになればお互いに意地を張ったりする必要のないことであった。そのまま私は彼女を家に連れて戻った。おかげで焼豚が無駄にならず、ギリギリのところで潘家に担ぎ込まれた。お使いに行った男たちはお祝儀を私のほうからも、向うの家からも貰って大喜びだった。

料理の腕前はその人の舌が基本

さて、嫁入りしてから二晩すぎると、里帰りの習慣がある。広東人の女は結婚すると、既婚者用の礼服があって、それを着て家に帰る。真っ赤な生地の上から金糸銀糸でぎっしり刺繡が施してあって、これを嫁入りの時にもってくる。ちょうど日本の花嫁衣裳に似ていて値段もとびっきり高い。日本では嫁入りの時一回しか着ないから、いつの間にか貸衣裳ですませるようになったが、中国では身内の結婚式があったり、結婚後はじめての正月に里帰りする時に、金ピカのものを着て帰る。京劇の舞台衣裳を身につけてお祝い事に駆けつけると思えば間違いない。

家内にとっては子供の時から見慣れた風景だから、自分がはじめて着るというだけで、どうということはなかったが、私にとっては気の重いことであった。兄弟たちと大喧嘩をしたあとということもあるが、里帰りの時には、両親の前に跪《ひざまず》いてお礼を述べるという習慣がある。畳の上に跪くのならともかく、靴と寝台の生活をしている中国人の床はチークの板の間か、タイルである。その上に土下座をするのだから、少なからず屈辱感がある。皇帝に生命乞いをするわけでもないのに、「そんなことはとてもできない」と言うと、「そうおっしゃらないで、私がやるとおりにやって下さい、それが礼儀なんだから」と家内はしきりに私に頼む。

　しかし、私にしてみれば、家内の家は西洋風の生活をとり入れ、男女の交際についてもずいぶんひらけた家風だと思っていただけに、いざとなったらこんなにも保守的に振舞うのかと改めて驚いたし、こりゃとんでもない密林の中に迷い込んでしまったなあと緊張の色をかくさなかった。私は家の中に纏足《てんそく》のおばあさんもいる台湾の家庭に育ち、フツーの日本人に比べるとまるで違った環境でオトナになったつもりだったが、とてもそれどころのことではなかった。

　しかし、実際は案ずるより生むがやすしだった。家内の実家に着くと、すぐ客間に通された。待つ間もなく彼女の父母が入ってきた。

「阿爹《アテー》、阿媽《アマー》」（お父さん、お母さん）と呼びながら、家内は両親の前に跪いた。まさか自分だけそこに突っ立っているわけにもいかなかったので、私も一緒になって膝をついた。と、すぐにも私たちは立つように促された。次の瞬間には、応接間の深々としたソファの上に坐らされていた。

　こうして私は潘家の三番目の婿として迎えられたが、向うの兄弟全部を相手に大喧嘩をしたあとだけに、潘家では最もこわもてのする婿殿として鄭重に扱われるようになった。潘家の人たちは人使いが荒い。娘が五人いて四人がすでに片づいていた。どのお婿さんも人が好いのをいいことに、自動車のガソリンを入れてこい、今晩の映画の切符を買ってこいと使い走りをさせられたが、私にだけはそんな役回りはまわってこなかった。誰一人、私に雑用を言いつけるような勇気のある奴はいなかったのである。

　家内の父親は潘逸流と言って、香港や東南アジアや広東省の人なら誰でも知っている潘高寿川貝枇杷露《プンコウサウチュンペイピイパロウ》という漢方薬屋の五番目の息子だった。漢方薬屋は四番目の兄さんが継いで、二番目の兄貴と家内の父が香港へ出て貿易商になった。家内の父は、若い時は黄埔《こうほ》軍官学校の一期生として入学したこともあるが、家中が軍人になることに反対したので、中退をして一時はフィリッピンに出稼ぎに行ったこともあった。背が高く体格がよくて、なかなかの美丈夫だったが、あまり商人には見えなかった。二番目の兄貴が特に商才があって香港でも名を知られていたが、多分、その兄貴の引き立てで財をなしたのであろう。よく招ばれて家内の実家でご馳走になったが、家には女中さんが六人もいて、食事をする時はまだクーラーのない時分だったから、クレオパトラが食事をする時のように、うしろに立って団扇で背中を煽《あお》いでくれた。ご飯のお代わりをする時だって、家内が自分で席を立つようなことはまずなかった。

　そんな家に育っただけに、うちの家内は娘時代に自分の家の台所に入ったことが一度もなく、料理どころか、ご飯の炊き方すら知らなかった。嫁に来た私のところにも、ちゃんと料理のできる女中さんも、運転手つきの自家用車もあったから、何の不自由もなかった。ただ料理もひととおりできる老女中がいるとはいえ、女中さんの料理はレパートリーが知れていて、三日にあげず同じ料理が出てくる。私は料理のうるさい家に育ち、食べ物に対してはいろいろと注文があるので、なんとしても家内に食卓のレパートリーを拡げてもらいたかった。この年にもなって食べ物に箸をつけなかったら、「あなた、外へでも食事に行ったらどうですか？」と言われるところだが、その頃は新婚ほやほやだったし、家内も私の食事には気をつかったので、自分の実家に帰ると、自分の実家の料理人に料理の作り方をきき、それをメモして戻ってきて、我が家の台所で再現するようになった。

家内の料理人としての腕はたちまち上達した。のちに東京に移ってから、我が家には多くの文人墨客《ぼっかく》や貴紳豪商が食事にみえるようになったが、その時のコック長は家内が一人でつとめた。なかでも文藝春秋の池島信平さんは家内の腕を最高に買い、私の家に食事に来る時は、「邱飯店に食事に行こう」と友人たちをたくさん誘って来られた。

「どうしておたくの奥さんはそんなに料理がお上手なんですか。どこか料理学校にでも行かれたのですか？」とよくきかれたが、私はいつも、「いいえ、家内はどこの料理学校にも行っておりません。先生にもついておりません。強いて言えば、舌で料理を覚えたのです」と答えている。

料理は腕で覚えるものではなくて、舌で覚えるものであるというのが私の持論である。子供の時から美味を舌で覚えておれば、自分が料理をするようになると、たちまち上達する。舌が覚えた通りの味にならなかったら、どこかが間違っているのだから、それをなおせばよいのである。

そう言えば、うちの娘も嫁に行くまではガスのつけ方一つ知らなかった。食事はすべて家つきのコックにつくってもらったし、夜食は弟たちの手をわずらわした。「そんなことでどうするの」と心配するのは親たちであって、自分で台所に立つようになると、すぐにも腕が上がり、とびっきりの味つけができるようになるものである。家内がそうだったから、これは母娘相伝の特徴と言えるかもしれない。

同志は去り、一人香港に留まる

とにかく、富裕な家に育ったおかげで家内の舌はよく訓練されていた。またそのおかげで我が家の食卓はたちまち賑《にぎ》やかになった。ただし私たちが結婚した時期を境として、我が家の家業はだんだん思わしくなくなっていた。さきにも述べたように、私の小包屋商売が順調な様子をみるとたちまちライバルが現われたし、廖家の中にも、また廖家から出て行った亡命青年たちの中にも、小包を両手に提げて郵便局に出かけて行く姿が見られるようになった。その上、ペニシリンやストマイの密輸も大々的に行われるようになったとみえて、一番いい時は十倍にも売れた商品が元値すれすれまで値下がりしてしまった。かつて私に大富豪になれるかもしれないという夢を見させてくれた鉱脈は明らかに底が見えてきたのである。

そうしたある日、簡世強君が私のところへきて、

「廖博士が香港の家を畳んで日本へ行くことになった」

と私に告げた。

「へーえ。どういうルートで行くんですか。廖先生のことだからまさかヤミ船というわけにはいかないでしょう？」

と私がききかえすと、

「日本へ入国するためのビザは何とかもらったようだ」

「で、家族の人たちは？」

「家族まで馴れない日本に連れて行っても仕方がないから、アメリカに戻るらしい。そろそろ子供たちの将来の学校のことも考えなければならない時期にきているんだよ」

「そうだなあ、廖先生としてもそうするよりほかないだろうなあ」

と頷きながらも、私は胸にずしりとくるものがあった。

二・二八事件のあと、私たちは国民政府のやり方に怒りを感じて、何とか台湾人のために独立の道をひらこうとして香港に集まり、廖文毅博士の指導の下で微力ながらも力を尽くしてきたが、すでに蔣介石は台湾に入ってしまったし、台湾の独立するチャンスは当分、先にのびてしまった。このあともしそのチャンスが来るとすれば、中共に攻撃されて蔣介石政府がこの世から消え去ってしまう時か、あるいは、アメリカがその戦略的必要から台湾を守り続け、蔣介石に率いられて台湾入りをした連中がすべて死に絶える時くらいしか考えられない。とすると、一敗地に塗《まみ》れてしまった廖博士としては、作戦の切り替えもしなければならないし、少くとも香港に根拠地をおいていい意味はなくなっている。

おそらく廖博士としても、さんざ考えた末にマッカーサー将軍の君臨する日本へ動く決心をしたのであろう。私としても、この土地の娘と結婚したとはいえ、いつまでもこのまま香港にいることになるとは思えない。といって、廖博士について日本に行って勝算のない独立運動を続けるわけにもいかない。もちろん、台湾の人たちを蔣介石の虐政から救い出す仕事は今後も私たちの仕事である。汚れた手をここできれいに洗い落として、政治とか革命とかとは関係がなかったと言うつもりはない。グループとしてのつきあいはここで一ぺんおしまいにして、あとはお互いに同じ志を持つ者として、もっと長期戦で臨むべきだろうと私は自分に言いきかせた。

廖博士が発つ前の日に、私たち廖博士にお世話になった人やつきあいのあった人が廖家に集まった。私のように日本で勉強した者が日本に行って、廖博士が香港に残るならわかるが、日本語もあまり完全とはいえない廖博士のほうが日本に行くというのだから、なんとも割り切れない気持であった。

こうして独立運動に従事した人は香港にほとんどいなくなってしまった。廖博士はよく「孤掌難鳴」（片一方の手では拍手もできない）という言葉を使って、同志を集める必要性を訴えたが、一人だけ香港に残った私としてはまさか道化師のような一人芝居を続けることもできない。もし家内や私の喧嘩相手になった家内の親戚たちがいなかったら、私は香港に一人で住んでいられなかったかもしれない。

私のような流れ者にとって香港はまったくの異邦だが、家内やその一家の人たちにとっては永住の土地であった。だから同じ土地に住んでも気構えも違えば、財産の運用の仕方も違う。私は自分がいつどこへ動くかわからないと思っていたし、またいつでも動けるように準備をしていた。しかし、家内は土地の人だから、自分と結婚した以上、これからは私もこの土地に住むものと考えている。そのためには、安定した収入のある家産の運用が大切であり、何はともあれ家賃を払ってマンションを借りているのでは駄目だといって、私に不動産を買うことを盛んにすすめた。私も月々五百ドルもの家賃を払うのはもったいないという気持があったし、自分らのマイホームとして家を買う分には積極的に反対する理由はなかった。

ただし、どういう家を買うかという段になると、私と家内では意見が対立した。家内は土地の事情に通じているから、繁華街の中に三階建か、四階建の小さな住居ビルを一軒買い、自分らはその一階分に住んで、空いたところは人に貸して家賃をもらえばいいと言った。私は雑居ビルの上に住むのは気がすすまなかったし、自分は読書家だから、閑静な環境の中で読書万巻にふけっていられるところを欲しがった。結局、私は自分らの住んでいたマンションと背中合わせになった利成新邨《リイセンサンツウン》という庭付きの高級住宅の奥まった袋小路の奥にある十号館を買った。

すぐ隣りは三階建だったが、私の買った家は二階建だった。あとでもう一階建て増して人に貸したが、買った時の価格は当時の香港ドルの六万ドルだった。三万ドルしか現金を持っていなかったので、私は銀行に三万ドル貸してもらえないかと申し出た。銀行は、お金を貸すのはいいが、未登記の土地建物を担保にお金は貸せないから、別の不動産を提供してもらえないかと言ってきた。そんな物は持っているはずもないから、家内

香港の新居

に話をし、家内が自分の父親に話をすると、岳父は二つ返事で自分の家を担保に提供してくれた。岳父が私にそういう便宜を図ったことが知れると、一番上の姉さんが自分たちの時はそうしてくれなかったのに、なぜ阿蘭(苑蘭《えんらん》の愛称)の亭主だけ特別扱いをするのか、といちゃもんをつけた。登記が終わると、私は自分の不動産を担保に入れて岳父の分は抹消してお返しをしたが、そんな面でも私は特別扱いを受けた。

ついでに申せば、私が自分の好みで閑静な住宅街に邸宅を買ったことは失敗だった。同じ値段で一つ隣りの大通りに面した家を買っておれば、その後の不動産ラッシュで、あッという間に十倍にも二十倍にも値上がりをした。それが読書万巻としゃれ込んだおかげで、十年たっても、倍になったらいいほうだった。この時の経験にこりて、以後、東京で不動産を買うようになった時は、私は渋谷や新宿の繁華街に目をつけるようになった。デパートに近いほど便利だからと思って、渋谷の西武デパートに隣接するマンションを買ったこともあったが、それはずっとのちになってからのことである。

娘の誕生と新商売のゆきづまり

新しい家を買って引越しをする少し前に長女の世嬪が生まれた。香港では出生届を出す時に英語名前と中国名前を併記する。私は生まれた子供が女ならジョセフィンと名づけるつもりでいたから、英語名前については迷いがなかったが、漢字の名前についてはあれこれ思案した。ナポレオンの彼女のジョセフィンには如世賓という漢字をあてられている。如は要らないとして、世賓だけだと男と女の区別がつかない。女偏をつけると、女であることがわかるが、別嬪さんの嬪になってしまう。まあ、いいや、ということで漢字名は世嬪にしたが、世嬪は広東語読みにするとサイパンになる。幼い時にサイパンと呼んだのが日本に来てもそのまま受け継がれ、とうとういまも「サイパンちゃん」と娘はみんなから呼ばれている。

サイパンちゃん、すなわちうちの長女は一九五二年十二月二十一日、香港島のセント・マリー・ホスピタルで出生した。映画『慕情』に出てくるあの病院である。完全看護の病院だから家内が入院すると、夫の私も家内の家族も、病室から追い出されてしま

応接間にて、長女を抱く妻と

った。「女の子が生まれましたよ」と知らせを受けて、私が自動車ごとフェリーに乗せて香港に渡り、病院にかけつけてみると、看護婦さんが子供を哺乳室から抱いてきて、母親の脇に寝かせてくれた。それが娘との初対面だった。

病院にいた時は気がつかなかったが、家へ帰って見ると、生まれたばかりの娘の首すじに少し赤味がかった部分があった。子供が成長をはじめると、その部分がみるみる大きくなって痣《あざ》であることがはっきりしてきた。赤ちゃんのためにお守り専用の女中さんをもう一人やとった。その女中さんが赤ちゃんが足を動かしておなかを出すのを警戒して、ベビー服とおしめをピンでとめた。娘が足を動かすと、ピンでとめられたベビー服を引っ張ることになり、その度にベビー服の襟が首すじの痣にあたり、痣の皮膚が破れて傷がついた。フツーの皮膚ならしぜんに癒《なお》ったと思うが、痣の傷だったから、ジクジクして逆に炎症を起した。家内がびっくりして医者に連れて行ったら、ペニシリンの注射を打たれた。それを三十本打っても傷口はふさがらなかった。

もうその頃には私の小包商売はすっかり駄目になってしまっていた。香港から東京に送る商品は、大半が商社を経由するようになってしまったので、中小貿易会社の手がけるものはだんだん採算にのらなくなっていた。ならば香港で売れる日本商品を手がければいいだろうと思って、日本製のフィルムを扱ったこともあるが、換金できたのがやっとで、手数料にもならなかった。やむを得ず岳父の店の二階を借りてヨーロッパから工具類を輸入したこともあるが、これも商売にならなかった。戦後のドサクサに闇商人をやるくらいの器用さはあったが、どう見ても自分は一人前の商才を持ち合わせていないと思うよりほかなかった。

勝手なもので、こうなると香港は私にとって住みづらいところになってきた。お金、お金、お金と朝から晩までお金のことにしか夢中にならない町で、お金儲けもできないような人間は落伍者だった。私は真剣になってどこかに移住することを考えるようになった。ただ私はパスポートを持っていなかったし、台湾の国民政府に弓を引いた以上、台湾へ戻ることもできなかった。ならば九龍のゴタゴタした街中に住むのをやめて、少し郊外にあたる新界の沙田《サーテン》に土地を買ってパパイアを植えて暮らすことも考えた。そのために何回も沙田に土地を見に行った。日本には堅いアメリカ産の牛肉が輸入され、それを柔らかく料理をするパパインが欠乏していると教えられたからであった。

沙田はいまでこそ人口五十万もある一大郊外都市になっているが、あの当時はまだ畑が多く、畑の中の農家は石油ランプを使っていた。しかし、結局は百姓をするだけの自信がなく、果樹園の経営はあきらめてしまったが、もしあの時、沙田に広大な土地を買っていたら、あれだけ土地が値上がりしたのだから、あるいは香港でも屈指の土地成金になっていたかもしれない。私がそういうことを言うと、家内は笑って、「あなたのようなせっかちが、土地が値上がりするまでじっと辛抱できるわけがないでしょう。ちょっと値上がりしたところですぐにも売りとばしてしまって、いまも相変らず貧乏しているはずですよ」と全然取りあってくれない。

香港に住む気を失った私は香港から出て行くプランを三つほどたてた。一つはセレベス島に渡ってコーヒー園を経営することであった。もう一つはボルネオ島に渡って近海でとれる高瀬貝を集め、貝ボタンの原料として日本に輸出する仕事だった。そして、最後は、海の物とも山の物ともわからない冒険はいっさいやめて、勝手知った日本に舞い戻って、何かやれそうな仕事をはじめることだった。あれこれ迷った末に一番最後の道を選んだが、まさか筆で身過ぎ世過ぎをする身になるとはその時は想像だにしていなかった。

小包屋が駄目になったので、私は東京で何かやれる仕事はないかと東京の姉に相談した。義兄がウエルター級のチャンピオンであった頃、ハワイやロスに住んだことがあったので、ハワイの二世たちに親友が多かった。その連中が戦後の日本にしょっちゅう遊びに来ていて、進駐軍にも出入りしていたので、相模原市の附近で進駐軍向けの冷暖房水洗の完備した住宅を建てたらどうかとアドバイスしてくれた。私はぜひそれをやりたい、そのために一千万円くらいの資金は用意するからと言って、土地探しを姉に頼んだ。間もなく一万坪の土地が見つかった。一坪三百円で全部で三百万円だが、どうだろうかと言われたので、私はすぐに買ってくれるように折り返し返事をした。しかし、話はそれっきりで途絶えてしまった。私の母方の叔父がどこかからチューインガムの工場を買う話を持ち込んできて、兄夫婦がそれにとびついてしまったからである。

その少し前から香港の人も商用のために日本に行くことができるようになっていた。私はパスポートを持っていなかったが、香港政府はパスポートを持たない人のためのアフィダビットという身分証明書を発行してくれた。それを旅券代わりに使うと飛行機ででも、汽船ででも日本へ行くことができるようになった。

小説家への夢を胸に東京へ向かう

私は三ヵ月に一ぺんくらい、日本へ行くようになった。時間がたっぷりあったので、飛行機より船旅を選ぶことが多かった。まだ自分が急に落ち目になると思っていなかったので、プレジデント・ラインのファースト・クラスによく乗った。二十代の若さで、船の一等に乗っていると、人はどこのプリンスかと目を見張る。東京へ行って一番よくかよったのは昔の古巣である東大経済学部の研究室だった。事務主任の太田さんのところへ行って、昔の東大社研の友人たちの話をきくと、「一番足繁く来てくれるのは邱さんですよ。ほかの人はほとんど姿を見せませんもの」と言われたことがあった。まだ日本国中が食うや食わずの時代で、学者の生活はとりわけ苦しい時代であった。

東京から香港へ帰る時は、本屋にとびこんで山ほど新刊書を買った。二、三ヵ月香港にいる間、退屈をしのぐ必要があったからであった。『文藝春秋』『オール讀物』や『小説新潮』も買った。目次をひらくと、どの雑誌にも檀一雄という名前が出ている。大学生の頃、知り合いになるチャンスがあったのに、我がまま言って訪ねて行かなかった人だったが、いまや押しも押されもせぬ大流行作家になっているのがわかった。しかし、その時はまだ自分が小説家になるとは思ってもいなかったし、のちに檀一雄さんのお世話で世に出るようになるとは考えてもいなかった。

香港から時々、東京へ旅行するようになってから、ある時、東京で王育徳君と一緒になった。王君は私の世話でヤミ船に乗り、東京へ戻って元の東大文学部の中国文学科に復学し、間もなく同学部を卒業して倉石武四郎教室に残っていた。本人の話によると、東京に落ち着いてから台湾に残してきた奥さんと娘さんが観光ビザで上京し、親子三人で暮らすようになった。観光ビザは二ヵ月の期限になっており、二回切りかえることができるが、六ヵ月たつと切りかえがきかなくなる。自分は相変らずの不法滞在者だが、もし自分が自首して出て、居住権を認めてもらえば、妻子も自動的に居住が認められることになるはずだと考えて、警視庁に自分から出頭した。ところが、裁判所にまわされると、一審でも二審でも「強制退去」という判決が下されてしまった。ちょうどそういうピンチのさなかに私と行きあったのである。

「行く先があれば、日本にいなくともいいけれど、行く先がないんだよ」

と王君は真剣そのものだった。

「台湾の人はついこの間まで日本人だったのに、戦争が終わった途端に、お前らは今日から中国人だ、出て行けと言われても困るよなあ」

と私も相槌を打った。

「日本におらせてくれと言っても、何も国に養ってくれと言っているわけじゃない。台湾の政情が落ち着くまでそっと住まわせてくれと言っているだけなのに、裁判官だって事情がわかれば、なんとかしてくれるんじゃないかい。こうなったら、僕が君に代わって陳情書を書いてあげるよ」

そう言って私はその晩から夜を徹して裁判官あての手紙の形式で、「密入国者の手記」と題した五十枚ばかりの文章を書いた。

結果的にはこの短篇が私の処女作になったが、私はこの原稿を持って阿佐ケ谷に住む元台湾日日新報の学芸部長だった西川満さんのところへ訪ねて行った。西川さんは台湾から引き揚げてきてから『キング』や『講談倶楽部』といった大衆雑誌に時々、寄稿をしておられた。私の直接知っている人でジャーナリズムと関係のある人といえば西川さんしかいなかった。

事と次第を述べて、私がどこか掲載してもらえそうな雑誌はないでしょうかときくと、商業雑誌に載せてもらうのはそう簡単にはいかないけれど、自分は長谷川伸先生の新鷹《しんよう》会という小説研究会に所属している。月に一回、研究会があるから、そこへ行ってあなたの代わりに朗読をしてみなの意見をきいてあげましょうと引き受けてくれた。

私はその足で香港に帰ってしまったが、追っかけるように西川さんから手紙が届いた。

新鷹会であなたの文章を紹介したところ、君がどのくらい手を入れたかときかれ、いや、まったく手を入れていませんと言ったら、山岡荘八さんも村上元三さんも、この人才能があるかもしれんぞといって激賞していました。新鷹会の『大衆文芸』という雑誌にのせることにきまりました、どうもおめでとう、と書いてあった。あまりにも順調に事が運んだので、私は自分も嬉しかったが、すぐに王君に吉報を知らせた。王君は刷り上がった雑誌を裁判の折りに参考資料として提出した。私の文章が功を奏したせいかどうかは私にもわからないが、最終審で王君とその家族の在留権が許可された。王君は明治大学教授になり、文学博士の称号を得て、最後は台湾独立運動に身を挺して一生を終わったのはずっとのちのことである。

私が西川満さんに礼状をしたためると、西川さんから、腕試しのつもりで「オール新人杯」に応募してみたらどうかと提案があった。香港には日本式の原稿用紙がなかったので、原稿用紙を送っていただけませんかとお願いしたら、「これは川端康成さんとか、坂口安吾さんたち、プロの使う原稿用紙です」と言って、満寿屋《ますや》の原稿用紙を送ってくれた。その原稿用紙に「龍福物語」（のちに「華僑」と改題）百枚を書いて送ったら、九百何十篇かがあった応募原稿の中で最後の五篇に残った。私の大学時代の友人の兄貴が文藝春秋に勤めていて、その人の話によるとプロの使う原稿用紙を使って香港から送ってきたから、予選の記者たちが注目をして最後まで残ったのだそうである。真偽のほどはわからないけれども、さきに山岡荘八さんや村上元三さんから「才能があるかもしれんぞ」と持ち上げられ、腕試しで応募した第二作が九百何十篇の中の最後の五篇に残ったので、もしかしたら本当に自分は才能があるのかもしれん、と妙な自信ができた。この作品は尾崎士郎さんと小山いと子さんに認められたが、あとの三人の審査員に反対されて、最後のところで選にもれてしまった。

ちょうどその頃、娘の首の痣がかなり悪化していた。もうこれ以上、幼児にペニシリンの注射はできないと言われ、大病院の放射線科にもかよった。しかし、友人の医者が私にアドバイスしたところによると、「香港の医者は金儲けには熱心だけれど、痣には興味はないから、本当は日本に行って治療したほうがいいんじゃないか」ということだった。

私は東京の姉に医者を探してくれるように手紙を書いた。姉があちこちツテを辿って、元の海軍病院、いまの第二国立病院〔現・東京医療センター〕に放射線科があって、そこの山下先生が痣の専門医であることをきき出し、友人の医者を通じてお願いしたところ、少くとも一年くらいはかかると思うけれど、そのつもりで東京に連れて来られたら治療してあげましょうと承知してくれた旨、返事があった。娘はまだ生まれて一年三ヵ月たったばかりであった。このまま放置しておいて傷口が頸動脈にまで達したらたいへんなことになる。子供のうちに癒しておかないと、年頃になってからでは親が恨まれることになると真剣になって心配をした。

娘の痣の治療が日本へ戻る第一の目的であった。しかし、もしかしたら才能があるかもしれんぞという一言に刺激されて、小説家になれるかもしれんという自惚《うぬぼ》れに支えられた第二の目的もあった。私は日本総領事館に出かけて行って、日本に戻りたいが、在留許可をもらえないかときいた。私が東大出であることを知ると、副領事はとても鄭重に扱ってくれた。また私が自分は日本の会社の役員にも名を連ねていると言って、義兄のチューインガムの会社の登記謄本を見せると、これがあれば一年のビザをさしあげられます、と言って私のアフィダビットの上にハンコを押してくれた。

こうして私は六年間住みなれた香港を去ることになった。住んでいた家を人に貸し、日本に行ってから小説家として生計がたてられるようになるまでは、その家賃で暮らすつもりだった。一人で生命カラガラ逃げて来たのに、香港を離れる時は、娘と三人になっていた。家内の父や母や兄弟に送られて、私たちは九龍の碼頭《マァタウ》からフランス郵船のベトナム号に乗り込んだ。一九五四年四月、日本ではちょうど桜の花の散る頃だった。

あとがき

自分の過去について語るのはなんとも気のすすまないことである。というのも、いつも前を向いて生活をしており、まだ見ぬ未来に対して予測をしたり、新しい事業を考えたり、新しいライフ・スタイルを展開したりすることに言い知れぬ喜びを感じて生きてきたからである。

それに比べると、過去はもう終わってしまったことである。終わってしまったことに気をとられてくよくよしていると、人生万事に消極的になって身動きができなくなってしまう。鄧小平は人から揮毫《きごう》を頼まれると、好んで「楽観」と書くそうだが、その心境が私には痛いほどよくわかる。山積する難問を前にしてそれをはねかえそうと思えば、ペシミズムではとても生きていけないだろう。人とつきあう場合でも、弱気の人とばかり一緒になっていると、自分まで元気がなくなってしまう。といって向う見ずばかりに包囲されていると、失敗した時の対策がなおざりになってしまう。だから友達を選ぶ場合も、弱気は二人くらいにしてあとの八人は強気を相手に暮らすのがいいように思う。

　そういう私が自分の「青春の記録」を書くことになったのは昨九三年、中央公論社から『中国人と日本人』を出版するにあたって、自分の出生の秘密に言及したからである。わが家においては別に秘密でもなんでもないことだが、「密入国者の手記」からはじまって作家として世に出るにあたって、私は自分の母親が日本人であることを伏せておいた。事実、私は台湾人として育ち、台湾人としての差別待遇や迫害を一身に受けてオトナになった。その声を代弁する文章も書いてきた。人によっては、私が出生の秘密を伏せたり発表したりしたのは自分のご都合主義によるものだと指摘した人もあるが、それは事実に反する。日本では、日本人でないほうが文壇に地位を築くのは難しいと思う。難しいほうを選んで、私は四十年間、筆一本で生きる道を歩んできたのである。

　いまとなっては、日本国籍を持ち、日本人の一人となっているのだから、どうでもよいことだが、私の出生の秘密と私の文章とのかかわりあいにこだわった中央公論社会長嶋中鵬二さんの慫慂《しょうよう》もだしがたく、『中央公論』本誌に「わが青春の台湾」、続けて「わが青春の香港」を連載させていただいた。決して他人様に自慢できるような人生ではないのだが、台湾人の家に生まれたというだけのことで、私の人生は同年代の学友たちとこんなにも違ったものになったことをおわかりいただけたら幸いである。

なお本書がこういう形で陽の目を見ることについては、嶋中鵬二会長、『中央公論』編集長宮一穂さん、取材編集部部長岡田雄次さん、同次長江刺實さん、文芸部部長平林敏男さん、開発局第二編集部部長横山恵一さん、同部並木光晴さんのご尽力をいただいた。改めてここに感謝の意を表したい。

一九九四年六月

マレーシア・ランカウイにて

邱　永漢

小説
密入国者の手記

親愛なる判事様。

私は本年二十九歳になる台湾生まれの青年で游天徳《ゆうてんとく》と申します。ご承知のように、私は昨年十月、日本における居住権を獲得せんがために、自分が不本意に犯した不法入国について自首して出ましたが、昨年十二月第一回裁判において強制送還の判決を下され、それに対して不服を申し立て、さらに上訴した第二審においても原審どおりの判決を下されました。もし日本以外に私の行くべき所がありますならば、最初から自首もしなかったでしょうし、それどころかおそらく不法入国の挙にも出なかったと思います。けれども実際に日本以外に行くべき所をもたない私は、どんなことがあっても、なんとかして日本における居住権を獲得しなければならないのです。ですから、私はもう一度不服を申し立てて上訴いたしました、今回は第三審であると同時に私にとっては最終審であり、私が国外へ追放されるか、あるいは居住権を与えられて合法的に日本へ居住することができるかが決定せられる重大な時であります。

昨日、今日の予審のことを考えて、私は一晩じゅうほとんど眠ることができませんでした。もし私の必死の申し立てがなんら考慮の余地なきものとして一蹴せられ、原審どおりに国外追放せられることになったら……その時のことを考えると、私は自分の立っている大地が足元から覆されるかのように、まったく前途への希望を失ってしまいます。しかも、そういう事態の発生は、単に想像されるというだけでなく、それが最も可能性の多い現実なのです。だから、けさ、裁判所へ出頭した時の私は、寝不足と思いつめた気持のためにほとんど前後を失っていました。

しかし、私の事件を担当せられることになられた貴方様《あなた》の前に立たされた時、そしてはじめて貴方様のお声に接した時、私はまったく不思議なほど、落着きを取り戻すことができました。ほとんど白雪といってもよいほど白くなった髪の毛、心のやさしみを感じさせるような温和な目。

「君は学生だね？」と、過去の調書に目をとおしながら、貴方様は言われました。

「ええ、そうです」

「学校は？」

「東京大学の大学院です。東洋史をやっています」

「東洋史をやっている。ふうむ」と言って、貴方様は眼鏡をはずして私の顔をじっと睨《にら》むように見つめられました。

「東洋史といえばやっぱり中国史だろう。東洋史の勉強でも日本が一番すすんでいるかね」

私は貴方様の問にお答えする前に、なによりもいままでに感じたことのない寛《くつろ》ぎを覚えました。第一審の時も第二審の時も、私は冷たい目で遇され、罪人のように暗い気持にとざされておりましたが、貴方様に接しました時、そして、貴方様のお声をきいた時、私は貴方様が私に好意的であると直感いたしました。二十九歳の今日に至るまで、私は日本の植民地である台湾に生まれたばかりに、自分の運命というものをほとんどいつも人の手に握られてきました。運命を他人に握られるという意識は、いつも私の反抗精神を刺激し、私をいっそう不自由な立場に陥れてきましたが、正直のところ貴方様はいままでに私の運命を握った人のうちで最も信頼のおける人だという印象を私に与えてくださいました。この人にならば自分の運命を任せてもよい、と私は思いました。ひとつには、年齢からいっても、やさしい気だてからいっても、貴方様がいまも台湾の田舎に生きている私の父親にどことなく似ているからだとも考えられます。

しかし、こういうことをいって、貴方様にへつらおうと、いまの私は思っておりません。貴方様のような方に自分の運命を握られたからには、たとえ法に照らして原審どおり強制送還を命ぜられようとも諦めがつくと思うようになりました。もちろんその場合、私は自分が危険を感じて脱出した台湾へ送還されることは極力避けねばならず、ほかにのこされた道といえば、中共へ送還されるよりほかはありませんから、その覚悟をいたします。思えば奇妙な運命で、私はかつて中共を祖国と思ったこともなく、また中国大陸へただの一度も行ったことはありませんが、悪戯《いたずら》と皮肉にみちた運命は、どうやら私に中共を自分の国家と呼ぶように強いるかのようであり、私を新しい私の祖国へ送還するかのようであります。私はまだ若いけれども屈辱には慣れております。もし一生のうちに歴史の変化が私をいくつもの祖国の民とする運命にあるならば、私は自分の意志に反して自らの運命に甘んずるでしょうし、またそれに耐えていくだけの訓練を経てまいりました。こういう屈辱は、敗戦のために悲痛な目にあった日本人といえども決して受けたことのない種類のものであり、私たち台湾人のみが生まれながらに担わされた十字架であります。だから私は自らの運命には屈する覚悟をもっております。

もちろん、こういう気持の半面、私は貴方様が偽らぬ私の告白をおききになれば、きっと私の立場を理解せられ、法律がゆるす範囲で私を助けてくださるであろうと信じています。だから、私は法廷を出て家へ帰りつくと、すぐに、今日の一部始終を妻に語りました。妻は貴方様のことをきいて、涙を流して喜びました。
私はこれまでになく素直な気持になり、貴方様にお手紙をさしあげる決心をいたしました。妻も賛成してくれましたので、私はすぐに筆をとりあげました。たいへん読みづらいでしょうが、どうぞご判読のうえ、寛大なるご処置をお願い申し上げます。

私は台湾の南部にある台南市という所で生まれました。父は市でも相当大きな海産物商を営んでおり、私はその次男であります。父は、「白手成家」といって、無一文からたたきあげ、永年番頭を勤めあげて、後に自分で独立して産をなしたいわゆる立志伝中の人でした。ですから、自分では帳簿をつけたり、新聞を読んだりするのには不自由しない程度の読み書きはできましたが、どうしたわけか学問には熱心で、私の兄も私も公学校へ上がる前から書房という寺小屋式の私塾へ行かされ、毎日鞭《むち》を片手にもった先生から漢文を教わりました。八歳になると、公学校へ入り、日本式の教育を受けました。当時、公学校はまだ義務教育でなく、内地人の入る小学校と区別してそう呼ばれていましたが、本島人のための初等教育機関でした。たいていの人は公学校を卒業すれば、役所や製糖会社の小使や給仕になりましたが、父は兄の文徳を中学から高等学校へやり、私にも同じコースを強いました。父は息子のうちのどちらかを自分の後継者にするなどということはてんで念頭になく、ただ私たち兄弟を大学へやり、内地人に莫迦《ばか》にされないような社会的地位を保つ人間にしたがっていました。

兄の文徳は、父に似た几帳面《きちょうめん》な男で、高等学校を出ると、東大の法学部へ入りました。夏休みに帰省すると、父にすすめられるままに簡単な見合をして結婚し、夏休みが終わると新妻を連れてふたたび東京へ行きました。彼は堅実な代りに、およそ常識的な男で、コツコツと勉強をして、それでも大学卒業の年には高文の司法試験をパスしていました。

「俺は学校を出たら検事になって台湾に帰り、生意気な巡査どもを片っぱしからやっつけてやる！」

と彼は息まいていました。それまで私たちは台湾の警察政治にずいぶんいじめられてきたので、彼が警察より一段上の司法機関で働くようになれば、いじめられた仕返しもできると考えて、私も大いに共鳴したものです。彼は学校を出ると、司法官試補という肩書で京都へ赴任し、その地で終戦まで検事の見習をしておりました。

一方、私は高等学校まではどうやら無事に進みましたが、在学中に芸術にかぶれ、ひとかどの文学青年を気どって小説を書いたり、全島遊説の弁論部員として演説に出かけたり、あるいは芝居に熱中したりしました。なかんずく、芝居には熱心で、ちょうど父が芝居小屋をもっていたので、そこの役者たちが田舎回りに行くのに加わり、夏休み中ずっと芝居の監督をしたり、時には芝居にも出たりしました。当時は日華事変中で、総督府の方針にしたがい、いわゆる皇民化劇でなければ上演させないようになったので、私は役者たちの日本語の先生になってやり、いま考えればまったく汗顔《かんがん》な脚本を書いてやったりして、皆から重宝がられたものでした。どうやら演劇が一番自分の性に合っているように当時の私にも思われました。

しかし、河原乞食という言葉があるとおり、台湾の社会でも役者は卑しめられた職業であり、私自身もその先入観から脱《ぬ》けきれませんでしたので、兄と同じコースに進もうという私の初志は変わりませんでした。ところが私の初志はいとも簡単に挫《くじ》かれてしまいました。というのは、東大の法学部の試験を受けて落第してしまったからです。東北大学か台北大学ならば、二次試験で入ることができましたが、私は兄に対する競争意識もあって、一年浪人して東大へ入ろうと決心しました。ところが次の年も私は不幸にも法学部を失敗してしまいました。もう一年浪人する気力はありませんでしたので、私は志を転じて文学部へ入り、東洋史を専攻することにいたしました。

戦争はようやく苛烈《かれつ》になり、文科系統の学生は徴兵され、毎日毎日入隊する学生が増え、学園は日々にさびれていくようになりました。秋になると、台湾人と朝鮮人学生の志願兵制が施行されました。志願兵といっても、実体は強制志願で、われわれ外地人学生は志願しない場合は、学校を退学させ、同時に徴用して重労働に課するという内々の通達を受けました。最も陰険に暗躍したのは総督府文教局の東京出先の役人どもで、私どもの進退は一切彼らの手に握られておりました。われわれにはもちろん選択の自由はなく、ただ志願するという自由——もしそれを自由というならば——だけがのこされていました。私の先輩や同僚の台湾人学生は余儀なく志願することになりましたが、奇《く》しくも私は満二十歳に三ヵ月たりないために、志願資格を備えていませんでした。ただ一人法学部にいた学生が強制された志願に屈せず、国へ帰ってから志願すると称して、大学から姿をくらましてしまいましたが、他の者は全部お膳立てどおりの志願をし、盛大な見送りのうちに入隊しました。

しかし、朝鮮人の学生はごく少数の者を除いては、皆強制された志願を拒否しました。彼らのなかの一人から、私は彼らは強制されて志願するよりむしろ重労働をえらぶつもりだときかされました。それからまもなく、私は彼らが集中営に入れられて、この世のものとも思えないような激しい重労働を課せられ、皆男泣きにないて日本への復讐を誓い合ったときかされました。私は驚きのあまり顔が蒼くなりましたが、これで日本もおしまいだと思わざるをえませんでした。しかし、その半面この時ほど私は台湾人と朝鮮人の民族の相違をはっきり見せつけられたことはありませんでした。台湾人の学生だって、もし選択の自由があったら、おそらく一人だって志願する者はなかったろうと思います。しかし屈辱と忍耐によって最後には勝つという気の長い漢民族の血を継《う》けた台湾人は、こういう時に臨むと、皮肉にも誰よりも先に屈辱に甘んじてしまうのです。それが長い目で見た場合、最も安全な保身の術であるという知識を彼らは、いや、私の仲間は本能的に身につけているのです。この意味で、私たちの仲間もまた正真正銘の阿Qの子孫であります。

今日の朝鮮、日本、台湾の情勢は、各民族のこうした性格をそのまま如実に表わしているではありませんか。いずれにせよ、民族問題は日本人のようになんでも自分のひとり合点でやれば失敗すると思います。相手の立場になって考えてやるという気持が一番大切だと思います。歴史の学徒である私の立場から見れば、朝鮮人や台湾人に日本への忠誠を強制するほど、莫迦げたことはありませんでした。日本人のやり方は念が入りすぎておせっかいになり、私どもにとってはまったく有難迷惑で、外国人の目から見れば道化と見えること疑いなし、というところでした。

銀杏《いちょう》の並木は落葉しはて、冬風のひときわ身にしみる学園は、私にとってもしだいにたよりないものになってきました。私は翌年になれば兵隊にとられる覚悟をし、落ち着いて勉強しておられなくなり、とうとう京都にいる文徳の所へ手紙を書いて相談をしました。兄からはすぐ、「フネアリシダイタイワンニカエレ」という電報があり、一日遅れて返信がきました。来年になればいずれ兵役は免れまいし、同じ兵隊になるならば、台湾へ帰ってしばらく父へ親孝行をし、父のもとから発つほうがよいだろう、という意味のことがしたためてありました。申し遅れましたが、私たち兄弟は幼少の時に母をなくし、父はまた若い妻を迎えましたが、継母は父の財産が目あてできた女で、父と性が合わず、家庭内はたえず波立ち、父はさびしい生活を送っておりました。父はいつも死んだ私の生母を追憶しては昔苦労をともにしてくれた妻を慕っておりましたので、私は父の不幸にいたく同情しておりました。急に父に会いたくなった私は、その年の暮に東京を発ち、途中京都によって文徳に会い、台湾へ帰りました。

当時の台湾は、日本が東南アジアへ発展する飛び石の役割をする軍事基地であり、いたる所カーキ色に塗りつぶされていました。基隆《キールン》から高雄までの縦貫鉄道沿線にある大きな建造物は、国民学校たると、公会堂たるとを問わず、皆徴用されて臨時の兵営と化していました。あんなに食糧の豊富な島であったのに、食糧事情は極端に逼迫《ひっぱく》し、島の特産である米や砂糖にさえ不自由していました。日本内地における食糧不足を救うために生産者たる台湾の農民が大きな犠牲をはらわされていたことはいうまでもありません。

しかし、私の家は食糧品の問屋であり、田舎に若干の土地を有する地主でもありましたから、食べる物に不自由するようなことはありませんでした。一番困ったのは大学を中途で帰省したまま家に引き籠《こも》っていることを周囲の事情がゆるさないということでした。私はどこでもよいから名目上でも正常な職業をもつ身になりたいと思い、あちこち奔走したあげく、ようやく畜産会社の臨時雇員にしてもらいました。カーキ色の国民服を着、脚にゲートルをまいて、途中何度も空襲警報におびやかされながら、会社に通いました。

私が現在の妻である碧雲と知合いになったのはちょうどそのころでした。彼女は私の勤め先である畜産会社の近くに住む鄭家の娘で、十二人もいる兄弟の中の一番末っ子でした。鄭家は年代のかかった燻《くす》んだ白塀に囲まれた大きな旧《ふる》い家で、鄭成功の末裔であるともいわれ、家のまわりは青々とした魚塭《ぎょおん》に取り囲まれていました。後で知ったことですが、彼女の中の兄の一人が美術学校を出て家へ帰っていましたが、私と同じような目的で畜産会社に勤めるようになり、その兄が、私を連れて行って最初に彼女を紹介してくれたのです。当時、碧雲はまだ二十になったばかりのお嬢さんで、私同様、東京から学校を中途でやめて帰ってきたばかりでした。彼女は東京で洋裁学校へ通っていたとかいうことですが、もちろんお嬢さま芸で、自分の洋服などはやはり作ってもらっているという始末でした。しかし、彼女の兄弟が絵かきであったり、音楽学校を出たりして割合に芸術的な雰囲気にひたっているせいか、趣味もなかなか豊かで、しゃべらせてもひとかどの批評家でした。なにしろ東京から帰って田舎の単調な生活にあきあきしていたので、私はいつか彼女の家へ足繁く通うようになり、それに応じて私たちの仲も進んでいきました。私は親しくなるにつれて、いろいろ打ち明け話をするようになり、自分の理想は演劇をやることであり、いつか平和な時代がきたら、かつての小山内薫のように劇団を組織して自分で脚本を作り、自作自演をやるつもりだ、などということを話しました。彼女も私の理想には大いに共鳴してくれ、その時には自分も一役買いたいといってくれましたので、私たちは数人の友だちを集めてときどき、チエホフやイプセンの脚本を読んだりいたしました。しかし、私たちの関係はそれ以上深入りすることなく、私は兵隊にいく覚悟で家へ帰ったのに、徴兵制度が施行せられてみると、私の次に生れたものから適用されることになり、私は相変わらず畜産会社へ通い、そうこうするうちに終戦になってしまいました。

終戦はほとんど信じられぬ事件でしたが、それは私ばかりでなく、ほとんどすべての台湾人に大きな喜びをもたらしました。後で考えてみれば、日本人は台湾のためにずいぶんいいこともしてきましたが、日本人に圧迫支配されているという印象を誰しもが抱いていただけに、遂に解放されたという感じをもったからであります。終戦になると、私は早速畜産会社をやめ、いまこそ劇団を組織して啓蒙的な演劇をはじめる時だと考え、早速その実行にとりかかりました。それまで一緒に戯曲を読んできた連中を集め、私の自作の劇「寧南門」の練習をして、やがて町のM劇場を借りきってやる計画をすすめました。その脚本は日本の新しい教育を受けて帰った大学出の青年が、親の望む結婚をふりきって貧乏な家の娘に求婚する。ところが貧乏な娘の所へは町一番の金持から妾にくれという申し出があり、その父親は娘を貧乏書生よりむしろ金持へ輿入《こしい》れさせようとして貧乏書生の出入りを拒む。娘は悲観のあまり家をとび出して寧南門という古い城址のある所まできて自殺をしようとし、追っかけてきた青年に助けられる、という甚《はなは》だ通俗的なメロドラマでありましたが、自由恋愛による封建思想の打破は当時の私たちの誰もが最も必要と考えたことでした。ところがいよいよM劇場を借りきって二週間の上演をする段になってから、困ったことが起こりました。碧雲は娘の役をふりあてられていましたが、事前にもれては彼女の家から反対されるかもしれないと考え、全然知らせないようにしていたのに、どうしてかそれが外部にもれてしまったのです。ある日、下稽古をしている所へ、彼女の兄の金城がだしぬけに現われました。あまり突然で碧雲は逃げ場を失い、とうとう連れ帰されてしまいました。そして次の日も彼女は稽古に現われませんでした。私は青年の役をする黄秋成《こうしゅうせい》という男と二人で彼女の家を訪れ、兄に面会を求め、いろいろ事情を話しましたが、妹を芝居に出すことは絶対にできない、とけんもほろろの挨拶をされました。

「貴方は美術学校まで出て芸術に理解のある方だと思っていましたが、まったく意外でした」と最後になって私が溜息をつくと、

「いや、あれとこれはまたべつです。妹を芝居に出すことだけは母も大反対で、娘の縁談に影響すると言っています。僕はただ母の意志を代行したにすぎません」と金城は言いました。

　縁談にさしつかえると言われては、かえす言葉もありませんでした。台湾で良家の娘が芝居に出るのはまず常識を超えたことであり、女優などというのは不身持なものだという先入観があります。お嫁にいく先がなければ、碧雲さんさえよければ、僕がもらいますよ、とはまさか口に出して言えませんので、結局だまって引きさがるよりほかありませんでした。が、なにしろ上演を五日後にひかえ、ただでさえ女役には困りぬいてきた矢先なので、まったく途方にくれてしまいましたが、仕方ないので、代役を見つけて速成教育をし、どうやら上演まで運ぶことができました。

　その芝居で私は娘の父親の老人の役を演じました。私は社会の封建的な傾向には胸がむかむかしており、そのうえ、碧雲があまりおとなしく引っ込んでしまったので二重に

感情を害してしまい、本当に憎々しげな役を演じたようでした。私の老人役は真剣でしかも滑稽だというので評判になり、劇場の入りも相当によく無事二週間をつとめあげることができました。ところが予想に反して収入は少なく、物価が毎日毎日騰《あが》るインフレの最中でしたから、後で精算してみると儲けどころか十万円近くも欠損を出してしまいました。

この借金をどうして返すか——結局自腹をきらねばならぬことはわかっていますが、いまさら親爺に泣きつくこともできません。父は苦労人で自分では芝居小屋をもっていたこともありましたが、芝居の役者などは軽蔑していましたから、息子の芝居狂には少しも同情がなく、もしそんなにやりたかったらやってもよいが、全部自分の責任でやれ、とあらかじめ釘《くぎ》をさされていました。だから結果から見ると、私は芝居を強行したばかりに、借金を背負い込み、しかも碧雲との仲を引き裂かれてしまったことになります。インフレはますます進行し、なににつけ頭の旧い父親は、社会の変化に順応することができず私の家も見るまに没落しはじめました。私はまたも就職を余儀なくされ、やっと町の中学校に歴史教師の職を見つけました。

私にも意地というものがありますから、母と兄に口説き落とされて、それ以来姿を見せなかった碧雲の所へは、しばらく行きませんでした。五月になると京都で検事補をやっていた文徳が、妻子をつれて引き揚げてきました。台湾が祖国へ帰り、今後の建設はわれわれの手で——と張りきって帰ってきた文徳でしたが、基隆で上陸して、台北で一泊し、友人にきいたり見たりした彼は、事が予想とまったく違っているのに驚いていました。中国大陸からきた一旗組の官僚は、金儲けしか念頭になく、官有物の横領、紙幣の乱発、「牽親引戚」といって一族郎党による官界の支配などが公然と横行していました。一方、大衆は職を失い、米などは毎日高くなるので、食べるにも困るようになり、それまで全然見られなかった乞食やかっぱらいが目にみえて殖《ふ》えてきていました。

「どうも見当違いをしていたようだ」

と私は言いました。兄も私も、日本の教育を受けた目で、台湾に対する日本の政治を見てきて「日本人」というものにたいへん反感をもっていましたが、戦後接収に来た国民党の軍人や官僚を見ると、自分たちの本家であると思っていた中国人と自分たちが、あまりにもかけ離れた存在であるのに驚いてしまいました。どうやら五十年にわたる統治によって台湾人は、中国人とはよほど違った存在になってしまったようです。そしていまは、文化程度の高い人間が文化程度の低い人間に強権で治められているという感じです。私は接収に来た兵隊がバターを石鹸と間違えて顔を洗った話や、水道栓を壁の中へはめこんで水が出ないといって騒いだ話などを例にひいて話しました。

「兵隊なんて田舎者が多いから仕方がないさ」

と文徳は、しかし、まだ自分の夢から醒めきれないようでした。

「もちろん、それはそうです。しかし、陳儀の政治をしばらく見ていてごらんなさい。そのうちに兄さんにもわかってきます。ほんとか嘘かわかりませんが、陳儀が砂糖を上海へ運ぶために発行した台湾銀行券が四億円もあるという噂ですよ」

「ふうむ」とさすがの文徳も考え込みました。彼は同じ噂を台北へ泊まった時もきいていたのです。

「やっぱり貪官汚吏狩《どんかんおり》りをやらねばなるまい。大物を二、三人やっつけて手本をしめせば、ちぢみあがってしまうだろう」

文徳は家に落ち着く間もなく、上北して運動をし、やがて新竹市の検察官として赴任いたしました。

六月がきました。昔の大正町、いまでは孫中山の名にちなんで中山路とかわった町の並木道では、鳳凰木《ほうおうぼく》が真紅の花をつけるようになりました。空襲で破壊されたまま、いつまでたっても復興しない焼跡があちこちに見えます。しかし、季節がくれば、花は咲き、透きとおるような葉の緑をとおして、熱帯の紺碧《こんぺき》の空は美しく澄みわたっていました。私は毎日この道を通って中学へ通っていましたが、この通りは名所旧跡の多い台南のなかでも私の一番好きな所でした。ある日、学校の帰りに道を歩いていた私は、後から声をかけられました。振り返ると、そこに碧雲が立っていました。彼女は袖のない短い上海スタイルの長衫《ツンサア》をきて、颯爽とみえました。

「あれ以来どうして全然おみえにならないの」

「…………」

「まだ怒っていらっしゃるの」

それでも私が黙っていると、彼女は素直に頭をさげて、

「ご免なさいね。この前の時は、せっかく一所懸命練習したのに、とうとう出られなくて……。でもあたしだってずいぶんつらかったのよ」

「もういいよ。すんだことだから」

「あたし、あとでこっそり見に行ったわ。あなたのお爺さん役、とても素晴らしかった。おかしいのと、かなしいので、思わず涙が出たくらい……」

私は彼女といつか肩を並べて歩いていました。こうして歩いてみればいつか気持もゆるみ、肝心の時になって消極的になった彼女を責める気にもなりませんでした。所詮、女は弱いもので、彼女にだけ例外を望むのは、私の欲目というものでありましょう。

「どこへ行くつもりだったの」

「あなたのお家へ」

「え？」

「相談があるの。でも道ばたじゃ具合がわるいわ」

私たちは町で一番賑やかな通りへ出、「望郷」という小さな喫茶店に入りました。

「じつはあたし、いま縁談があるのよ」

一瞬、私は呼吸がつまりましたが、考えるまでもなく年ごろの娘に縁談があるのは当り前のことです。彼女の話によると、戦争中に皮革の商売であて、戦後に一躍して成金になった町の豪商の息子が最近日本から帰ってきて、親戚を介して話があり、自分は大して気もすすまなかったが、すすめられるままに見合をしたところ、相手がたいへん乗気で、彼女さえ承知であれば、すぐにでも婚約したいといっているとのことでありました。なにしろ相手は誰知らぬもののなき金持であり、碧雲の兄や母はいずれも乗気で、自分の決心さえつけばすぐにでもまとまる話というのです。

「それで、君は決心したの」

「決心したら、あなたに相談なんかしにこないわ」

そういうと彼女は、泣きそうな表情をして唾《つば》をのみこみました。こんな時の沈黙は最も雄弁であります。言われてみれば、私は今日までどうしてぼんやりしていたのか不思議なくらいです。ためらうことなく、その日、私は彼女に愛を告白し結婚を申し込みましたが、それはもちろん、彼女の期待していたことでした。

しかし、それから後が私たちにとっては大変でした。私はすぐに父に話を打ち明け、父もあの家ならと賛成してくれ、早速人を介して正式に縁談をもちかけました。が、なかなかはっきりした返事が得られぬうちに日がすぎ、町では碧雲が皮革屋の息子へ嫁入りするという噂が立ちました。父はあわてて媒人《なこうど》を責めましたが、媒人は私が大学を中途でやめたことと、芝居をやることに難色をつけられていると告げてくれました。父はたいそう憤慨し、鄭家は兄弟が多く財産を分けたらいくらでもないから、持参金だって大したことはあるまい、もっと持参金もあり、器量もよい娘をもらえばよい、と私に言います。もちろん、私にとっては場違いの話で、これでは埒があきませんから、またも兄に救援を求めました。

文徳は、堅い男でおよそロマンスめいた噂のない性質でありますが、親爺と違ってロマンスに対して観念的ではありますが、理解をもっております。彼は休暇をもらって帰郷すると、すぐに鄭家に押しかけて、碧雲の母と兄に談判をしてくれました。碧雲の母も兄も、最初のうちは言を左右にしてはっきりしたことを答えませんでしたが、文徳が、「じつはこれは弟から打ち明けられてはじめてわかったことですが、お宅のお嬢さんと

うちの弟にはすでに関係があるんです」と言うと、みるまに碧雲の母は顔色をかえ、

「とんでもない。家の娘にかぎって……」

「嘘とお思いなら、お嬢さんにきいてごらんなさい。じつはこんな話はしたくなかったのですが、いくらお願いしても一向にきいてくださらないので本当のことを申し上げたのです。本人同士が好き合っているのですから、結婚をさせれば万事円満に解決すると思います。いまは昔と違って、家族同士の縁組の時代ではありません。本人がよいと思う結婚をさせればよろしいではありませんか」

兄の策略は見事効を奏しました。本当のところ、その時まで碧雲と私にはなんら肉体的な交渉はありませんでした。しかし、兄は二人に関係があることにすれば、絶対に成功するから、どうしても交渉がまとまらない場合には最後の切札として使うといいと、あらかじめしめし合わせておいたのです。その夜、碧雲は母親に真実かどうかきかれたそうですが、最後まで涙ばかり流して、是とも非とも答えなかったそうです。兄は、本人同士で先に取引しておけば絶対間違いない、といって煽動さえしてくれましたが、どうやらその必要はなかったようです。その年の秋に私たちは結婚いたしました。

しかし、私たちが結婚する前に、兄の身の上にちょっとした事件が起こりました。彼が検察官になって赴任したことは前にも述べましたが、彼は率直な男で、万事に容赦な

く、しかも自分の職務にきわめて忠実でした。彼は新竹市で市長が善後救済総署から人民に配給する救済物資を横流しした確証を握ったので、市長の検挙にのり出しました。最初、市長の任意出頭を求めましたが、無視されたので、自ら逮捕状を持ち法院警察官を連れて市政府に押しかけて行きました。いち早くその情報に接した市長は、警察部長に命じて巡査をかり出して妨害をし、逆に文徳を罐詰《かんづめ》にして逮捕状をとりあげ、さっさと市長官邸に引き揚げてしまいました。文徳はたいへん憤慨し、法院に引き揚げて上司に報告し、文化国家としてどんな犠牲をはらっても司法権の独立を守らねばならぬ、と主張しました。ところが上司は、彼の報告をきくや検察官ともあろう者が逮捕状を紛失するとは何事だ、早速取り返してこい、取り返せねば辞表を提出せよ、と叱りつけました。それにはさすがの兄も怒って、怒鳴りかえし、結局辞表を叩きつけて検察官をやめてしまいました。彼が就職してから四ヵ月目のことです。彼ははじめて中国の司法権は実質上独立していないことを認識し、彼の中国政府に対する夢は見事に破れてしまいました。真の理想的社会を建設するためには長期計画をたて、まず教育からはじめねばならぬ、と彼は考え、官を辞していったん家へ帰ると、女房子供を家においたまま自分一人だけ台北へ出かけ、私と同じように中学の教師になりました。もっとも彼は私と違って英語を教えていました。

現実はわれわれ青年にとってはますます厳しいものになってきました。われわれが政府の政策にことごとに反対するのを見ると、官僚たちは、台湾の青年は日本の奴隷的教育の悪毒にまよわされている、と宣伝しました。しかし、もちろん台湾が国民政府の食い物になり、台湾人が日本時代よりもいっそうひどい冷酷な奴隷的地位に転落しつつあることは、誰の目にも明らかでありました。民衆の怨嗟の声は日増しに大きくなり、事態は予断をゆるさないものがありました。肥る者はますます肥り、痩せゆく者はますます痩せていく……という現実を前にして、私たち日本の教育を受けたものが社会的な正義を叫んだとしたら、日本の教育は間違っていたといえるでしょうか。否、もしわれわれがただ黙々とかつての総督府評議員のように政府のお先棒を担いだとしたら、かつての日本の植民地政策は成功し、かつての日本の教育は完全に敗北したと日本の有識者は考えないであろうか。

私はこの現実を前にして、それを舞台の上で再現して大衆に見せる必要があると思いました。私は「壁」という戯曲を書きましたが、それは舞台の真ん中に壁を一枚おき、それをへだてて、右では「居奇囤積」で裕福に暮らしている金持の商人の生活をえがき、左ではその日の米を買う金もない人力車夫の生活をえがいた、非常に対照的な効果をねらったストーリーでありました。

黄秋成はそのころの私の一番親しくつき合った友人であり、同志でありました。彼はこの市に本社をもつ地方新聞の文芸欄を編集しており、私も彼の新聞にはたびたび雑文を書いたりしましたが、彼も私の劇団に参加し、劇団の中でも最も優秀な男役でした。彼は私のような万事懐疑的な性格の持主でなく、物事をきわめて単純に考え、つねに割りきった意見をもっていました。たとえば「壁」の戯曲の演出にあたっても、私はそれを、大陸からきた中国人と台湾人との対立として取り扱いたかったのですが、彼はそれを単なる階級の対立として取り扱うべきだと主張して譲りません。

「なるほど、いまのところは阿山《アーツァ》（外省人のこと）がわれわれの上に君臨しているために、彼らが甘い汁をすっているが、いったん階級が解消したら、そんな問題は自然に解消してしまうよ。悪いのは腐敗した国民党であって、国民党政府を覆すのが先決問題だと思う」と彼は言います。

「しかし、僕の見る目では、今日の台湾の問題は、階級的なものではなくて、民族的なものだと思うね。僕も、なるべくなら、そうは信じたくはないんだが、どうも台湾人はこの五十年間、日本の統治を受けているあいだに、日本人とも違うが、そうかといって中国人とも違うべつの新しい民族になってしまったのではないかという気がする。それが強権によって中国から引き離されていたあいだは、自分らの本家は中国であるとばかり思いつめていたが、今度お互いに一緒になってみると、こんなはずではなかったということになってしまった。光復は台湾人にとっては、むしろ新しい自己発見になったのではないだろうか」

「それはある程度僕も認める。しかし、血は水よりも濃しというじゃないか。われわれはやっぱり中国人だ、しかも立派な中国人だ。そして、また中国人としてのみ生きていけるものだと思う。だから中国人と台湾人のあいだを離反させるような方向へもっていくよりも、民衆が金持を憎むような方向へもっていくべきだと思うよ。現に台湾人だって、このどさくさにうんと儲けた連中がいるじゃないか。そういう連中は、妾をたくさんつくったり自家用車を乗りまわすことには夢中だが、世の中のためになることには鐚《びた》一文も出しやしない。だからあの連中を槍玉にあげるべきだよ」

　こうした議論のやりとりは際限のないもので、結局それは台湾の社会に起こりつつある現実に対する秋成と私の見解の相違に起因していることであります。秋成は、問題を国内における政治問題として解決しようとするし、私はそれを中国人対台湾人の問題として考えるからなのであります。私は前にも申し上げましたように中国の歴史の研究をしており、中国の歴史には相当詳しいのですが、しかし、お互いに接触し合ってみて、こんなにもお互いに違う世界観をもつようになってしまったのかといまさらのように驚いたものです。それはちょうど、他家へ奉公にやられた弟が奉公先からわが家へ帰されたが、自分の留守のあいだに、懐かしい懐かしいと思った兄がじつは貪欲このうえなく、今度は弟を食い物にしはじめたようなものであります。もし弟のほうがなにも知らない子供であるとか、か弱い女であれば泣き寝入りせねばなりませんが、立派に一人立ちのできる青年であってみれば、いくら兄貴だといってもそう簡単には言うことをきくわけにはいきません。秋成とても、現実の認識において私の見方に賛成できないわけではないでしょうが、その解決方法を私のように引き離して考えたがらないのです。私とても彼の情熱には敬意をはらっていたわけですが、私にしてみれば、現実から飛躍して夢のような理想主義に甘んずるわけにはどうしてもまいりません。国民党が没落して中共がそれに代わったとしても、台湾の問題が民族的な対立であるかぎり、政権の交代によって解決すべくもありません。台湾人の不幸はやっぱり同じように続くに違いない、と私は思ったのであります。

しかし「壁」の上演にあたっては、民主主義でいこうという主旨でありましたから、結局私たちはお互いに妥協し、秋成の意見も容れて金持は台湾人にし、その台湾人とぐるになって金儲けをする中国人官僚をもう一人ふやしました。この芝居で秋成は貧乏な車夫の役割をやり、私は学校のほうの時間の繰合せがつかないために、結局演出の役にまわりました。芝居は今度は町の公会堂を借りきってやることになりましたが、蓋をあけてみると、内容がよほど見る者に強く訴えるとみえて、たちまち評判になり、連日大入満員という盛況でした。

ところが芝居が連日満員なので、最初の予定より十日間延ばして続演しようとするころになってから、突然当局から「上演禁止」の命令が出ました。理由は民心離反の悪効があるということでしたが、実際政府当局の動き方はスローモーで、もうたいていの人が見てしまった後のことでした。この芝居で秋成も私も有名になりましたが、その結果はむしろ私たちにとっては悲劇的だったと思います。

民衆がますます貧乏になっていくのに、中国大陸からきた新渡来の為政者はますます横暴をきわめました。そして、それがついに爆発して、あの有名な二・二八事件が起こりました。事件の起りは、道端で密輸された煙草を売っている女が巡行中の専売局の役人に煙草を没収された時に、付近の二階の窓から見ていた男が、ゆるしてやればよいのにと言ったら、その役人が拳銃を出してその男を射殺したことにはじまったそうです。ちょうど殺された男が台北のやくざ仲間の一方の旗頭であったので、翌日になると、やくざ連中が祭りの獅子を持ち出し、隊を組んで専売局へ押しかけました。専売局長に面会を申し込みましたが、恐れをなした局長はいち早く姿をくらましたので、今度は長官公署に押しかけて、陳儀に無辜《むこ》の人民を射殺した男の銃殺や専売局長の辞職を迫りましたが、陳儀はそれに対する回答として、長官公署のベランダから広場に集まった人々に向かって機関銃の掃射を行ない数十人を射殺しました。民衆は激怒したちまち叛乱となり、専売局の焼討ちをはじめ、大陸からきた中国人は誰彼の区別なく殴打し、撲殺《ぼくさつ》しはじめました。長官公署を除く市中はたちまち台湾人に占領され、この風潮は伝染病のように蔓延《まんえん》し、見るまに全島が台湾人の占領する所となりました。形勢が不利と見るや、陳儀は軟化し、台湾人によって組織された二・二八事件処理委員会の条件を全面的に承認し、台湾省の自治市県鎮長の民選を約束しましたが、その間ごく秘密裡に蔣介石《しょうかいせき》に援兵をたのみました。

そんなこととは知らず、長官が省政の自治を約束したというのですっかり有頂天になっていた台湾人は、基隆に国民党軍隊が上陸するやたちまち苦境に陥りました。軍隊は誰彼といわずすべて反抗するものは射殺し、ことに委員会や学生隊に関係したものは、片っぱしからつかまえて処刑してしまいました。この時、蔣介石の軍隊に殺された台湾人は五千人以上にのぼります。

この事件が起こったのは、読んで字のとおり二月二十八日のことでしたが、翌日になるとすぐに私たちの耳に入りました。台湾人の一隊が台北の放送局を占領して放送をしたので、それに勢いづいた地方でもすぐに地方官庁にいる中国人を監禁し、私の中学校でも生徒が教員室へ押しかけて逃げおくれた中国人の教師を袋叩きにするという事件が起こりました。

「さあ、いよいよ男をあげる時がきたぞ」

と言って秋成が私の家へとびこんできたのはその午後、私が授業を中止して家へ帰った時でした。

「台北では市政府も長官公署も全部台湾人によって占領されたそうだ。こんなにあっけなく片づくとは思わなかったね。台南でもこれからすぐ学生を組織して治安にあたらねばならぬから、君にも一肌脱いでもらいたいと思ってきたんだ。頼むよ」

と彼は国防色の将校服を着込み、どこからもってきたのか日本刀を腰にさげて、かつての日本人将校然としていました。

「学生を組織するって、どういうことをするんだね」

「今日、夕刻六時までに警察局の前に集まってもらうんだ。阿山の警官たちはいち早く逃げてしまったから、警察局には台湾人の巡査しかいない。それではとても治安維持には足りないから、学生をそれぞれ手分けして、交通整理などをしてもらいたい。また、なんでも飛行場にいる飛行隊は、武器をもって抵抗をし、警察局長やその他の阿山がたくさんそこへ逃げ込んでいるというから、今夜、同志を集めて夜間攻撃をしようと思うんだ」

「僕はどうすればいいんだ」

「君はいまから近所のトラック屋へ行ってトラックを借り、メガホンを持って町じゅう歩いて学生を集めてもらいたいんだ」

「よしきた。そんなことなら僕にもできる」

と私は早速、生徒のなかで貨物運送をしている家に交渉してトラックを借り、町じゅう歩いて生徒を集めましたが、夕方までには、百人以上の人が集まりました。秋成は彼らのなかから有志を募り、その夜、警察の銃剣や手榴弾《しゅりゅうだん》をもちだして飛行場を襲撃し、飛行隊長以下数百人のものを捕虜にし、武装解除して凱歌をあげました。私も学生たちにそれぞれ夜間歩哨《ほしょう》の時間を割り当て、真夜中になってから家へ帰りました。

電燈の消え去った暗いロータリーを通って帰りながら、私はまるで夢でも見ているようで、その日に起こった出来事をほとんど信ずることができないほどでした。まるで棚から牡丹餅《ぼたもち》といったように、予期しない夢が突然現実になってみると、むしろ私にはそれが不吉の前兆のようにさえ思えました。

南国とはいえ、三月のはじめはやはり寒々としていて、私は東京にいる私たちの友人たちが今日の嘉義放送局の放送をきいてどんな感じをもつだろうか、と思ってみたりしたものです。

しかし、台湾人の三日天下は意外にも早く終わってしまいました。国民党の増援軍が基隆と高雄に上陸すると、交通線はまったく混乱に陥り、いろいろのデマが乱れとびました。いずれにせよ、それがわれわれにとって不利であることだけは明らかでありました。

私は新聞社へとんで行って、新聞の号外の発行を監督している秋成に会いましたが、さすがの彼も顔を蒼くしていました。

「国民党の軍隊が攻め込んで来たらどうしよう」

「一戦をまじえるよりほかあるまい」

「しかし、相手は最新式の武器をもった精鋭部隊という話じゃないか。日本軍ののこしていった古い武器しかもたないわれわれではとても太刀打ちできまい」

「やってみるさ。それでどうしてもいけなければ、どこか山奥へでも立て籠って、時期の到来を待つことにしよう。僕には生死をともにしてくれる同志が二十人ぐらいはある。その連中と山へ引っ込んでおれば、そのうちに解放軍が台湾を解放に来てくれるよ」

彼はあくまでも解放軍を信じているようでした。しかし、その夢が実現されないうちに、彼は戦死してしまいました。国民党軍が町に進入してくると、彼と数十名の若い青年はいったん飛行場へ退却し、二日間もそこに籠城していましたが、結局衆寡敵せず、ちょうど二週間前に彼が飛行隊を攻め落としたように逆に攻め落とされてしまいました。

町へ入った国民党軍は盛んに台湾人の有力者をつかまえているという噂でしたが、私は学生を集めて治安の維持にあたっただけのことですから、自分にそのおはちがまわってくるなどとはつゆ思っていませんでした。が、同じ中学へ勤めている教師が二人もつかまったときいた時、慌《あわ》てて自分の家から逃げ出し、台南の郊外の安平港に近い妻の親戚の家へ一時避難いたしました。

私の去った後、まもなく憲兵が職員室へやってきて、私の机の中をひっくり返して調べたようですが、私の家へはその後こなかったそうです。

ところがこの事件は、私の兄には生命とりでした。混乱のため、台北との交通がしばらく跡絶えていましたが、台北でも大虐殺が行なわれているときいて私たちはたいそう心配しました。でも、まさかと思っていました。ある時、嫂《あによめ》は胸さわぎがして、とても不安だからと皆の押し止《とど》めるのもきかず、汽車に乗って台北へ出ていきましたが、結局文徳には会えないで帰ってきました。文徳の下宿先の小母さんの話によると、文徳は陳儀が台湾人狩りをはじめた時も、べつに自分とは関係がないからと思って平気な顔でいたが、事情を知ったアメリカ人と道で会い、まだうろうろしているのか、早く逃げないと大変だとおどかされ、それもそうだ、と思いなおして家へ帰って仕度をして大通りまで出たところ、ポケットに金が入っていないのに気づき、あわてて下宿先へ帰ったちょうどそこへ、機関銃を持った警察のものがやってきて、それにつかまってしまったそうです。

しかし、当時はつかまった者が皆殺されたわけではなく、各所の牢獄に監禁されたものもあり、誰がどうなったかまだはっきりしたわけではないので、私たちは、兄はきっとまだ生きているから心配するな、と嫂を慰めました。嫂は二人の子供をかかえて途方にくれ、どこそこで死体があがった、ときいては出かけて行ってみたりしましたが、結局兄の姿を見いだすことはできませんでした。媽祖廟《まそびょう》のおみくじをひいても、占師にきいても、兄はまだどこかに生きているといいます。しかし、彼は新竹市長を逮捕しようとした恨みを、あのどさくさに晴らされたに違いありません。銃殺した後の死体に穴をあけて石をつけ、淡水河に投げ込んだのも相当あるといいますから、彼はいまも淡水河の底で眠っているかもしれません。私は兄は死んでしまった、と諦めましたが、しかし、嫂は自分の良人の死に目にあっていないので、どうしても死んだことを認めようとせず、今日に至るもまだ葬式を挙げていないという始末です。

その後、私は嵐のすぎ去るのを待つ思いで田舎で暮らしました。まもなく、自首弁法というものができて事件に関係のあった者が自首して出れば軽罪ですませるということになりました。私の父などは、妻を通じて盛んに私に自首をすすめましたが、私は身に覚えのない罪のために自首する必要がないとがんばりました。私は蔣介石の軍隊がいるかぎり、台湾人にはなんの前途もないと思うようになり、自首して出るよりはむしろ外国へでも行って暮らしたほうがよいと思うようになりました。

夏になりました。私はいよいよ外国へ出る決心をしました。途中でつかまった時のことを考えないでもありませんでしたが、しかし、それ以外に方法がないので、私は変装をして台南から香港へ飛ぶことにしたのです。飛行場に見送るもの一人なく、内心はびくびくしながら乗り込みましたが、飛行機の扉が閉まり、プロペラが回りはじめた時にはさすがに安堵の胸を撫でおろしました。飛行機は厦門《アモイ》、汕頭《スワトウ》を経由し、三時間後には無事、香港へ着きました。

香港は、さすがに自由な所だけあって、台湾の陰惨な生活を経験した直後の私にとってはまったくの別天地でした。当時の香港には国民党や共産党をはじめ各国の亡命客が集まっており、さながら亡命者の町の観がありました。私はしばらく香港の友人の所で厄介になっていましたが、私の心はやはり日本へ憧れていました。過去の「帝国主義日本」へは私はいまだ憎悪の情を抱いていますが、日本には私が個人的に尊敬し、敬愛しているたくさんの恩師や友人がいます。台湾から引き揚げた日本人は無一文になって苦しい生活を送っているでしょうが、しかしきっと私を温かく受け容れてくれるだろう、と信じていました。私が友人にその話をしますと、彼はすぐに日本へ行く船に話をつけてくれました。私が船員に化けて鉄鉱石を積んだ船へ乗り込みようやく神戸まで辿りついたのは、いまからちょうど五年前のことでありました。

上がってさえしまえば、私は完全な日本語を話しますから日本人として立派に通用します。私は親戚をたよって東京へ出、しばらくはそこの仕事の手伝いなどいたしましたが、年がかわってから考えなおしてまた大学へ行くことにしました。幸い学費や生活費は親戚が出してくれるといいますし、大学にはまだ私の学籍がのこっておりましたので、先生に頼み込んでようやく再入学を許可されました。

昨年の春、私の妻は私を尋ねるために、私が台湾を去ってから生まれた私の長女を連れて羽田の飛行場に着きました。彼女は観光旅行という名目でやっとのことで二カ月の滞留許可をもらってきたのです。私たちは東横線沿線の小さな駅の近くにささやかな家を借りて、親子三人水入らずの生活をはじめました。私はふたたび演劇の勉強をせんものと、日本の有名な劇団にも出入りし、自分でも下手なりに、脚本などもぼつぼつ書きはじめました。しかし、時間はまったく無情です。二ヵ月はみるまにたってしまい、滞留許可期間の満了した妻はさらに二ヵ月、それがすぎてもう二ヵ月と都合二回延期の手続をいたしましたが、それもすぎてしまい、もうこれ以上滞在するわけにはいかないといわれ、追立てをくっています。

私は妻に向かって、お互いに無事生きながらえて、たとえ六ヵ月でも一緒に暮らせたのだから、もう故郷へ帰りなさい、とすすめました。しかし、妻は故郷へ帰るくらいならむしろ死んでしまったほうがよいと泣いてききません。いくら狭い日本だって私たち親子三人の事情を知ってくれれば住まわせてくれないことはあるまい、と申します。自分たちはべつに政府の救済をあてにしているわけでもなく、自分たちで働いて食っていくのだから、と申します。私もいろいろ迷いましたが、もし自首して出ることによって、私の居住権がもらえるならば、妻や娘の問題も一挙に解決できると考えたのであります。こういうわけで私の自首は、もちろん、打算的な考えで行なったものであり、まったく純粋な動機にもとづくとは申せないかもしれません。

しかし、第一審、第二審と続けて居住権の申請を否決された私は、まったく予期しなかった問題に直面してしまいました。もし第三審においても否決せられたら、私は日本から退去しなければなりません。ところで、私はいったいどこへ退去すべきでしょうか。

もちろん、私は台湾へは以上述べたような事情から、送還されることを望みません。香港へ行ったところで言葉も通じなければ、食べていける自信もありません。しかも香港政府が私のような招かれざる客を受け容れてくれるかどうかが先決問題であります。

あれこれ考えてみれば、日本を追い立てられたら、私は中共以外に行くところがありません。私は中共がどんな社会であるか、この目で見てきたわけではありませんから、いまのところはなんの偏見ももっていないつもりです。しかし、なるべくならば中共へ行かないですむように、日本へのこってゆっくりと勉強ができるようにしていただきたいと思っております。

本年の春、私はようやく大学を卒業し、本来なら、自分の好きな演劇の道で生きていきたいと考えておりましたが、第二審でも強制送還の判決を下されてしまいましたので、演劇などというものが正当なる研究あるいは職業として認定されるかどうか不安になり、ふたたび試験を受けて、新制度の大学院へ入学いたしました。

こういう経過を経て、私は大学を卒業するのに十年もかかり、そして現在は、大学院の史学の学生として、修士課程の勉学に従事いたしております。私の自首については、私の主任教授である桑田博士にも相談し、先生もそのほうがよいだろう、と賛成されましたので、自ら出頭いたしたしだいであります。したがって私の身元引受人は桑田博士がなってくださっております。

以上が、私のいままでの経歴でございます。私は自分の今回の事件に多少なりと参考になるようなことを主として述べましたが、あるいはあまりに政治的にすぎるとお考えになるかもしれません。しかし、私たち台湾人の青年は、みな政治的なかかわりをもたざるをえない、ある意味で、真に不幸な立場におかれております。私は演劇を趣味にもつ東洋史の研究者であり、思想問題とは一応関係がございません。ある友人は政治避難ということを主張すればよいと、私にすすめました。私は有名人ではないし、もしも私が政治避難であれば、戦後に日本へ密航してきたり、もしくは滞留期間がすぎても帰らない台湾人は、みな政治避難であるといわなければなりません。たしかにそれはある意味で真実でございます。

もうひとつ、私の妻は現在妊娠中でございます。もし私の籍の問題が片づきませんと、生まれてくる子供の籍もどうしたらよいかわかりません。妻も私もこの問題で日夜悩んでおり、いっそのことおろしてしまうべきではないかとも思っています。判事様にこういうことをおききしてまことに恐縮でありますが、いったい私たちはどうしたらよろしいのでしょうか。どうぞご教示願いたいと存じます。

本日は、なにもかも知っていただきたいという気持になりましたので、思わずこんなに長くなってしまいました。もう夜が明けてまいりました。私はここまで書きあげて、たいへん気持が楽になりました。いまはただ貴方様の温情あるご判断を待つばかりでございます。

（『大衆文芸』一九五四年一月号）

解説　永続的亡命者の肖像

黒川　創

植民地支配下に置かれた現地社会の人びとは、さまざまな強圧にさらされながら、生きることになった。支配と被支配の関係を仲立ちに、異文化との接触も、有無を言わさぬかたちで生じる。むろん、そこには差別が伴う。ここを生き抜く経験は、強烈な個性も生み出した。日清戦争の終結（一八九五年）から、太平洋戦争（大東亜戦争）の日本敗戦（一九四五年）まで五〇年間、日本統治下に置かれた台湾社会でも、そうだった。

本書の著者・邱永漢（本名・邱炳南）は、日本統治時代の一九二四年に、台湾の古都・台南で生まれている。

父・邱清海は、街なかの西門市場で商売している人物で、長男の炳南が生まれたときには四〇歳に達していたが、ハンサムな洒落者だった。衣服の着こなしも、ふるっている。植民地の多元的な服飾事情から、自在にアイテムを取り出して、ブリコラージュを楽しむ。

たとえば、西洋ズボンのベルトには、妻の和服の帯紐を用いる。ネクタイは嫌い。だから、中国服の上着をつける。ただし、ボタンは、布製のものから西洋風のものに替えておく。懐中時計の金鎖を帯紐に結わえて、ズボンの右ポケットに突っ込む。革靴では、暑苦しい。だから、履物は、日本の草履である……。

こんないでたちで市場のなかを闊歩している中年の伊達男を、想像してみるだけで楽しい。色気がある。だから、女たちにも、もてたらしい。

堤八重という女性も、彼に惹かれた一人である。西門市場の牛肉店の長女で、現地の植民二世にあたる日本人だった。

邱清海には、すでに妻があった。だが、子はなかった。陳燦治という、纏足《てんそく》の跡が残る、ちいさな足の女性である。八重は、構わず、実家の反対を押し切って邱清海との同居生活に入り、ついには一〇人の子ども(ほかに一人が早世)をもうける。元からの妻とも同じ敷地内で暮らす、二人目の妻である。ただし、当時は、台湾人と日本人のあいだの通婚が、まだ法律の上では許されていなかった。

そこで、長男の邱永漢と姉とは、「台湾人」として、父・清海の籍に入った。ただし、そうするためには、元からの妻・陳燦治を彼らの「母」として届ける必要があった。一方、八人の弟、妹たちは、「台湾人」としての差別を避け、「日本人」とするため、実母・堤八重の「私生児」として日本の籍に入れている。名前も、彼らは日本風のものである。同じ屋根の下でいっしょに育ちながら、きょうだい一〇人のあいだに、このような違いがあった。

実母の八重は、日ごろから台湾衫《タイワンサア》（台湾式ブラウス）を着て、流暢に台湾語をしゃべり、商才に長けていた。そして、子どもらには、男女の別なく高等教育まで受けさせた。彼女のこうした断固たる態度は、入植者の暮らしの寄る辺のなさを知るからでもあったろう。

民族とは何か？

若き日々の自伝たる本書を通して、邱永漢は、この自問に独特の答えを与える。民族意識とは、血脈によるものではないと、彼はとらえている。血を分けたきょうだいでさえ、長男の自分は「台湾人」、弟や妹たちは「日本人」なのである。一歩、家から外に出れば、台湾人には「チャンコロ」と鋭い差別の言辞が投げつけられる。そして、天皇陛下のもとで「一視同仁」（差別なく平等に慈しむ）なのだというタテマエを述べながら、おまえは日本人ではない、と蔑まれる。小学校の級長選挙で「級長」に選ばれたときには、担任の先生が「副級長」に格下げした。「台湾人」とは、何者か？　むしろ、こうして差別を被ることが、この少年に「台湾人」としての自覚と自己認識を深めさせていった。

　邱永漢自身は、何かと厳しい生みの母親よりも、陳燦治というやさしい義母に、強い愛着を寄せながら育っていく。民族とは血脈ではない。同時に、肉親というものも、血脈だけから成っているのではないはずだ。そういう切実な実感が、ここに伴ってもいただろう。

「もう一人の母親というのは父のもう一人の妻であった。五尺足らずで背は低いが、とても気立てのやさしい、美しい人だった。私の生みの親が持っていなかった美徳をすべて備え、料理の腕が抜群だった。私たちの食べる料理はすべてその母がつくり、女中さんに店のほうにある食堂まで運ばせた。私たちきょうだいは一人残らずこの母に馴染み、特に私の場合は、ひまがあると台所に入りこんで、鶏を絞めたり、食用蛙の内臓をとり出す仕事を手伝ったり、大根餅をつくる石臼をひいたりした。のちに『食は広州に在り』にはじまる一連の食べ物随筆を書くようになったきっかけと知識は、すべてこの台所から生まれている。」（「わが青春の台湾」）

　幼時を追想するとき、邱永漢の筆致は、身近な人びととの面影を生き生きととらえる。

これは、彼の文章の一つの特色である。抽象化された理念でも、歴史からの教訓でもなく、彼を支えたのは、一人ひとりの面影だった。

なぜ、彼は、老齢に至るまで、自身の実母が「日本人」であることを表立って語ろうとしなかったか？　そこには、複雑な歴史的背景に関する慎重さなども、むろん、働いていただろう。だが、陽の当たりにくい場所から、無償の愛を注いで自分たちを見守ってくれた、この「台湾人の母」の存在の偉大さが、彼に「実母」について語ることをためらわせたようにも思われる。

日本敗戦の翌年、一九四六年二月、邱永漢は東京帝国大学大学院での学業を途中で切り上げ、台湾に戻る。

台湾社会には、すでに大陸から国民党系の「外省人」たる中国人が大挙して乗り込んで、現地は混乱を極めていた。「本省人」たる台湾人と、力ある地位を得ている外省人との摩擦は、日本統治下に置かれていた社会と較べても、はるかに荒々しい様相を帯びていく。「どうやら五十年にわたる〔日本〕統治によって台湾人は、中国人とはよほど違った存在になってしまったようです。」（「密入国者の手記」）――民族のアイデンティティをめぐる新たな衝撃が、彼らを見舞っていた。

生命の危機に迫られ、邱永漢が香港に脱出するのは、一九四八年一〇月。ここを根城に「台湾独立運動」――つまり、国民党勢力に台湾からの退去を促し、台湾人による台湾社会の回復を図る運動に取り組みたい、という考えだった。

だが、香港でこうして亡命生活を続けるためには、資金づくりも必要だ。そのため、対日密貿易の片棒を担ぐことから始めて、だんだん貿易の手だても身につけ、財をなしていく。「金儲けの神様」誕生の端緒である。一方、国共内戦は共産党の勝利に帰し、大陸に居所を失くした蔣介石率いる国民党政府は、台湾・台北に転じて、ここを「臨時首都」と定める。これによって、邱永漢らの亡命生活は、さらに終結を見通せない状態になっていく。

やがて、邱永漢は、ふたたび日本に居を移す。一九五四年のことである。さらには、東アジア各地の都市を股にかけ、実業の世界で過ごすようになる。これは、永続亡命者として生きる、彼の姿でもあったのではないか。

あのとき、もしも自分にもっと勇気があったなら、台湾の地にとどまって「台湾独立」のゲリラ戦を戦うのが本当だったと、彼はのちにも折りに触れて述べている。だが、その道は取らなかった。つまり、その点で、彼は革命家として二流の道を選んだことを自覚していた。

「しかし、実際に自分が外へ出て、香港や東京から独立の呼びかけをしてみると、そんな掛け声は波の音にかき消されて誰の耳にも届かなかった。本当の革命は、共産党にそのお手本があるように、ゲリラからはじめるのが本筋であることを悟るのにたいして時間はかからなかった。

勇気のない私は、本能的に危険に曝《さら》されることの少ない道を選びたかったのであろう。」（「わが青春の台湾」）

「刺竹」（一九五六年）という短篇小説で、邱永漢は、台湾の国民党政府による恐怖政治に心ならずも帰順することを選んだ、知日派知識人の悲哀を描く。これも、彼自身のもう一つの自画像を思わせる。選ぶことのなかった、いくつもの道筋が、彼の前には残っていた。

革命には、短期日の瞬発力のなかに現出するフランス革命やロシア革命のような例がある。一方、半世紀、一世紀という長い時間をかけて進行していく革命もある。「台湾独立」という革命も、さらに半世紀後、二一世紀の入口での民進党への政権交代までを視野に入れれば、成就した運動と見ることができよう。もともと、それは、在地の商人たちが普通に安心して商売できる、というだけの社会をめざしてのものだった。

だが、邱永漢という「金儲けの神様」は、このときに至って、わざわざ、そういうことは述べなかった。老齢に達した彼は、ただ、普通の商売人の顔をして生きていた。そのことに、かえって私は、彼の明朗な徳義心とでも呼ぶべきものを感じている。

（くろかわ・そう　作家）

初　出　『中央公論』
「わが青春の台湾」一九九三年六〜十月号
「わが青春の香港」一九九四年四〜七月号

単行本　『わが青春の台湾　わが青春の香港』
中央公論社、一九九四年八月

編集付記

一、本書は『わが青春の台湾 わが青春の香港』（中央公論社、一九九四年八月）を底本とし、文庫化したものである。文庫化にあたり、新たに短篇「密入国者の手記」および解説を収録した。「密入国者の手記」は『邱永漢自選集』第一巻（徳間書店、一九七二年五月）を底本とした。

一、底本中、難読と思われる語には新たにルビを付した。

一、本文中、今日の人権意識に照らして不適切な語句や表現が見受けられるが、著者が故人であること、執筆当時の時代背景と作品の文化的価値に鑑みて、底本のままとした。

中公文庫

わが青春《せいしゅん》の台湾《たいわん》 わが青春《せいしゅん》の香港《ホンコン》

2021年5月25日　初版発行
2021年12月25日　再版発行

著　者　邱《きゅう》　永《えい》　漢《かん》

発行者　松田陽三

発行所　中央公論新社
〒100-8152　東京都千代田区大手町1-7-1
電話　販売 03-5299-1730　編集 03-5299-1890
URL http://www.chuko.co.jp/

ＤＴＰ　ハンズ・ミケ
印　刷　三晃印刷
製　本　小泉製本

Published by CHUOKORON-SHINSHA, INC.
Printed in Japan　ISBN978-4-12-207066-0 C1195

各書目の下段の数字はISBNコードです。978-4-12が省略してあります。

中公文庫既刊より

き-15-12
食は広州に在り 邱永漢
美食の精華は中国料理、そのメッカは広州である。広州美人を娶り、自ら包丁を手に執る著者が、蘊蓄を傾けて語る中国的美味求真。〈解説〉丸谷才一
202692-6

あ-72-1
流転の王妃の昭和史 愛《あい》新《しん》覚《かく》羅《ら》浩《ひろ》
満洲帝国皇帝弟に嫁ぐも、終戦後は夫と離れ次女を連れて大陸を流浪、帰国後の苦しい生活と長女の死……激動の人生を綴る自伝的昭和史。〈解説〉梯久美子
205659-6

あ-36-2
清朝の王女に生れて 日中のはざまで 愛新覚羅顕琦《あいしんかくらけんき》
故郷や実姉の「女スパイ」川島芳子の思い出、女子学習院留学から文革下二十数年の獄中生活など、さすらいの王女の感動的な自伝。〈解説〉上坂冬子
204139-4

い-41-3
ある昭和史 自分史の試み 色川大吉
十五年戦争を主軸に、国民体験の重みをふまえつつ昭和という時代を鋭い視角から描き切り、「自分史」のさきがけとなった異色の同時代史。毎日出版文化賞受賞作。
205420-2

た-7-2
敗戦日記 高見順
〝最後の文士〟として昭和という時代を見つめ続けた著者の戦時中の記録。日記文学の最高峰であり昭和史の一級資料。昭和二十年の元日から大晦日までを収録。
204560-6

と-28-1
夢声戦争日記 抄 敗戦の記 徳川夢声
活動写真弁士を皮切りに漫談家、俳優としてテレビ・ラジオで活躍したマルチ人間、徳川夢声が太平洋戦争中に綴った貴重な日録。〈解説〉水木しげる
203921-6

と-28-2
夢声戦中日記 徳川夢声
花形弁士から映画俳優に転じ、子役時代の高峰秀子らと共演した名優が、真珠湾攻撃から東京大空襲に到る三年半の日々を克明に綴った記録。〈解説〉濱田研吾
206154-5

ふ-18-5
流れる星は生きている
藤原 てい
昭和二十年八月、ソ連参戦の夜、夫と引き裂かれた妻と愛児三人の壮絶なる脱出行が始まった。敗戦下の苦難に耐えて生き抜いた一人の女性の厳粛な記録。
204063-2

ふ-18-1
旅　路
藤原 てい
戦後の超ベストセラー『流れる星は生きている』の著者が、三十年の後に、激しい試練に立ち向かって生きた人生を辿る感動の半生記。〈解説〉角田房子
201337-7

う-9-7
東京焼盡《しょうじん》
内田 百閒
空襲に明け暮れる太平洋戦争末期の日々を、文学の目と現実の目をないまぜつつ綴る日録。詩精神あふれる稀有の東京空襲体験記。
204340-4

う-9-12
百鬼園戦後日記Ⅰ
内田 百閒
『東京焼盡』の翌日、昭和二十年八月二十二日から二十一年十二月三十一日までを収録。掘立て小屋の暮しを飄然と綴る。〈巻末エッセイ〉谷中安規（全三巻）
206677-9

う-9-13
百鬼園戦後日記Ⅱ
内田 百閒
念願の新居完成。焼き出されて以来、三年にわたる小屋暮しは終わる。昭和二十二年一月一日から二十三年五月三十一日までを収録。〈巻末エッセイ〉高原四郎
206691-5

う-9-14
百鬼園戦後日記Ⅲ
内田 百閒
自宅へ客を招き九晩かけて還暦を祝う。昭和二十三年六月一日から二十四年十二月三十一日まで。索引付。〈巻末エッセイ〉平山三郎・中村武志〈解説〉佐伯泰英
206704-2

の-3-15
新編「終戦日記」を読む
野坂 昭如
空襲、原爆、玉音放送……あの夏の日、日本人は何を思ったか。文人・政治家の日記を渉猟し、自らの体験を綴る。戦争随筆十三篇を増補。〈解説〉村上玄一
206910-7

え-3-2
戦後と私・神話の克服
江藤 淳
癒えることのない敗戦による喪失感を綴った表題作ほか「小林秀雄と私」など一連の「私」随想と代表的な文学論を収めるオリジナル作品集。〈解説〉平山周吉
206732-5

各書目の下段の数字はISBNコードです。978－4－12が省略してあります。

い-65-2
軍国日本の興亡 日清戦争から日中戦争へ
猪木 正道
日清・日露戦争に勝利した日本は軍国主義化し、国際的に孤立した。軍部の独走を許し国家の自爆に至った経緯を詳説する。著者の回想「軍国日本に生きる」を併録。
207013-4

い-108-6
昭和16年夏の敗戦 新版
猪瀬 直樹
日米開戦前、総力戦研究所の精鋭たちが出した結論は「日本必敗」。それでも開戦に至った過程を描き、日本的組織の構造的欠陥を衝く。〈巻末対談〉石破 茂
206892-6

か-18-7
どくろ杯
金子 光晴
『こがね蟲』で詩壇に登場した詩人は、その輝きを残し、夫人と中国に渡る。長い放浪の旅が始まった――青春と詩を描く自伝。〈解説〉中野孝次
204406-7

か-18-9
ねむれ巴里
金子 光晴
深い傷心を抱きつつ、夫人三千代と日本を脱出した詩人はヨーロッパをあてどなく流浪する。『どくろ杯』につづく自伝第二部。〈解説〉中野孝次
204541-5

か-18-10
西ひがし
金子 光晴
暗い時代を予感しながら、喧噪渦巻く東南アジアにさまよう詩人の終りのない旅。『どくろ杯』『ねむれ巴里』につづく放浪の自伝。〈解説〉中野孝次
204952-9

か-18-14
マレーの感傷 金子光晴初期紀行拾遺
金子 光晴
中国、南洋から欧州へ。詩人の流浪の旅を当時の雑誌掲載作品や手帳などから編集する。晩年の自伝三部作へ連なる原石的作品集。〈解説〉鈴村和成
206444-7

い-2-7
浪漫疾風録
生島 治郎
『EQMM』編集長を経てハードボイルド作家になった著者の自伝的実名小説。一九五六～六四年の疾風怒濤の編集者時代と戦後ミステリの草創期を活写する。
206878-0

い-2-8
星になれるか
生島 治郎
直木賞受賞、睡眠薬中毒、そして再起へ。一九六四～七八年の綺羅星の如き作家たちの活躍を描く戦後ミステリ裏面史。『浪漫疾風録』完結編。〈解説〉郷原 宏
206891-9

い-8-8
青春忘れもの　増補版
池波正太郎
小卒の株仲買店の小僧が小説家として立つまで――。著者の創作のエッセンスが詰まった痛快な青春記。短篇小説「同門の宴」を併録。〈解説〉島田正吾
206866-7

し-8-5
わが青春無頼帖　増補版
柴田錬三郎
苛烈な戦争体験、目くるめく女性遍歴――故郷出奔から直木賞受賞までの無頼の日々を綴る回想録。私小説的短篇五篇を併録。随筆二篇を増補。〈解説〉縄田一男
206933-6

み-10-24
文壇放浪
水上　勉
編集者として出版社を渡り歩き直木賞作家に。波乱に富んだ六十年を振り返り、様々な作家を回想、戦中・戦後の出版界が生き生きと描かれる。〈解説〉大木志門
206816-2

た-34-4
漂蕩の自由
檀　一　雄
韓国から台湾へ。リスボンからパリへ。マラケシュで迷路をさまよい、ニューヨークの木賃宿で安酒を流し込む。「老ヒッピー」こと檀一雄による檀流放浪記。
204249-0

た-34-5
檀流クッキング
檀　一　雄
この地上で、私は買い出しほど好きな仕事はない――という著者は、人も知る文壇随一の名コック。世界中の材料を豪快に生かした傑作92種を紹介する。
204094-6

た-34-6
美味放浪記
檀　一　雄
著者は美味を求めて放浪し、その土地の人々の知恵と努力を食べる。私達の食生活がいかにひ弱でマンネリ化しているかを痛感せずにはおかぬ剛毅な書。
204356-5

た-87-1
忘れ得ぬ人々と谷崎潤一郎
辰野　隆《ゆたか》
辰野金吾を父に持ち名文家として知られる仏文学者が同窓の谷崎、師として仰ぐ露伴、鷗外、漱石らとの交流から紡いだ自伝的文学随想集。〈解説〉中条省平
206085-2

て-9-1
辰野隆　日仏の円形広場
出口　裕弘
小林秀雄も太宰治もこの人に学んだ――近代西洋建築の巨人を父とする東大仏文科の偉大な名物教授辰野隆。彼を軸に、日仏の一三〇年を自在に往還する。
206713-4

各書目の下段の数字はISBNコードです。978－4－12が省略してあります。

て-10-1
南洋と私
寺尾紗穂
「南洋群島は親日的」。それは本当だろうか。サイパン、沖縄、八丈島――消えゆく声に耳を澄ませ、戦争の記憶を書き残した類い稀なる記録。〈解説〉重松　清
206767-7

ち-3-8
江《こう》は流れず　小説日清戦争（上）
陳舜臣
朝鮮をめぐり風雲急をつげる日中関係。中国の袁世凱、朝鮮の金玉均、日本の竹添進一郎など多様な人物と民衆の動きを中心に戦争前夜をダイナミックに描く。
201143-4

ち-3-9
江は流れず　小説日清戦争（中）
陳舜臣
開戦はすでに計画表に書き込まれた。朝鮮全土に東学党の乱が燃え上がり、遂に日本と清は朝鮮に出兵する。戦争への緊迫の過程を精細に描く。
201153-3

ち-3-10
江は流れず　小説日清戦争（下）
陳舜臣
黄海の海戦、鴨緑江を越え遼東半島に展開する陸戦の激烈な戦いから、列強の干渉を招く講和までを描く。歴史大作、堂々の完結！〈解説〉奈良本辰也
201162-5

ち-3-35
孫文（上）武装蜂起
陳舜臣
清朝打倒を決意した孫文は、同志とともに広州で最初の武装蜂起を企てる――。「大同社会」の実現をめざして、世界を翔る若き革命家の肖像。
204659-7

ち-3-36
孫文（下）辛亥への道
陳舜臣
たび重なる蜂起の失敗。しかし宮崎滔天ら多くの日本人と中国留学生に支えられ、王朝の終焉に向けて孫文は革命運動の炎を燃やし続ける。〈解説〉加藤　徹
204660-3

さ-80-1
佐藤春夫台湾小説集　女誡扇綺譚
佐藤春夫
廃墟に響く幽霊の声「なぜもっと早くいらっしゃらない？」。台湾でブームを呼ぶ表題作等百年前の台湾旅行に想を得た今こそ新しい九篇。文庫オリジナル。
206917-6

ひ-1-3
応家の人々
日影丈吉
昭和十四年、日本統治下の台湾、名家の美女の周辺で不審死が相次ぐ。内地の中尉が台南の町々をめぐり事件の謎を追う妖しい長篇ミステリ。〈解説〉松浦寿輝
207032-5